HIPNOTIZANDO
MARIA

RICHARD BACH

Autor dos best-sellers *Fernão Capelo Gaivota* e *Ilusões*

HIPNOTIZANDO
MARIA

Tradução: Ana Carolina Mesquita | Candombá

INTEGRARE
EDITORA

Título original
Hypnotizing Maria

Edição original em inglês publicada por Hampton Roads: copyright © 2009 by Richard Bach.
Edição em língua portuguesa para o Brasil: copyright © 2010 by Integrare Editora.

Todos os direitos reservados, incluindo o de reprodução sob quaisquer meios, que não pode ser realizada sem autorização por escrito da editora, exceto no caso de trechos breves citados em resenhas literárias.

O Código dos Caminhoneiros ("The Trucker's Code") pertence ao romance *The Box*, de Jay (O. J.) Bryson (www.thetruckerscode.com). Reproduzido sob permissão do autor e traduzido livremente nesta edição.

Publisher
Maurício Machado

Supervisora editorial
Luciana M. Tiba

Coordenação editorial
Estúdio Sabiá

Preparação de texto
Célia Regina Rodrigues de Lima

Revisão
Ceci Meira
Nina Rizzo

Projeto Gráfico
Alberto Mateus

Adaptação de capa e diagramação
Crayon Editorial

Dados Internacionais de Catalogação na Publicação (CIP)
(Câmara Brasileira do Livro, SP, Brasil)

Bach, Richard
Hipnotizando Maria / Richard Bach ; tradução Ana Carolina Mesquita, Candombá. – São Paulo : Integrare Editora, 2010.

Título original: Hypnotizing Maria
ISBN 978-85-99362-50-1

1. Ficção norte-americana I. Título.

10-02888   CDD-813

Índices para catálogo sistemático:

1. Ficção : Literatura norte-americana 813

Todos os direitos reservados à INTEGRARE EDITORA E LIVRARIA LTDA.
Rua Tabapuã, 1123, 7º andar, conj. 71-74
CEP 04533-014 - São Paulo - SP - Brasil
Tel. (55) (11) 3562-8590
Visite nosso site: www.integrareeditora.com.br

CARTA DO EDITOR

No ano 2000, tive o prazer de conhecer Richard Bach durante a Feira Internacional do Livro de Buenos Aires, na Argentina. Naquela ocasião, tive também o privilégio de acompanhar o autor durante sua concorrida sessão de autógrafos e, posteriormente, em um bate-papo com mais de mil pessoas que pacientemente o aguardavam para saber mais sobre sua obra e sua pessoa.

Por cerca de duas horas, Richard hipnotizou a todos com suas palavras e com seu jeito humilde e sereno. Na parte final desse encontro, depois de já termos ouvido o autor falar sobre sua visão de mundo, sua experiência criativa e sua trajetória de vida, uma última pergunta chamou a atenção da plateia, que aguardava silenciosa a resposta. Uma jovem de cerca de 30 anos de idade perguntou:

"Richard, li todos os seus livros, tenho-os em minha cabeceira e de tempos em tempos recorro a eles, pois se tornaram

amigos de primeira hora em minha vida. Nunca entendi, entretanto, como podem esses livros me dizer tanta coisa... Richard, para quem você escreveu este livro?"

Emocionado, Richard Bach respondeu:
"Escrevi este livro para você".

Esse episódio ilustra com toda a propriedade o potencial da obra de Richard Bach. Quero crer que muitos daqueles que agora leem este texto já possuíram ou ainda possuem relação igual à que foi narrada acima. Quero crer, ainda, que muitos novos leitores foram, de alguma forma, atraídos para este livro e agora se unem à massa de mais de 100 milhões de leitores em todo o mundo do autor.

A exemplo de *Fernão Capelo Gaivota* e *Ilusões*, nesta obra Richard Bach retorna às histórias simples que testam nossa imaginação e convidam o leitor a exercitar novas vivências. Com a perspectiva privilegiada de quem já atravessou voos nada tranquilos, Richard Bach nos brinda com uma história que possui o que chamo de "capacidade inspiradora", fonte de qualquer transformação no mundo.

Para quem foi escrito este livro? – Boa pergunta.
Este livro foi escrito para você!

MAURÍCIO MACHADO
Publisher

CAPÍTULO UM

Jamie Forbes pilotava aviões. De tudo o que fizera, era só o que importava desde que abandonara a faculdade, tempos atrás, e tirara o brevê. Se a coisa tinha asas, ele a amava. Pilotou caças na Força Aérea. Não ligava muito para a política, para as obrigações adicionais nem para a estranha escassez de horas de voo. Decidiu sair antes do tempo, quando isso lhe foi oferecido.

As companhias aéreas não quiseram saber dele. Certa vez fez uma entrevista e acabou eliminado pelas perguntas no exame para piloto.

"1. Se tivesse de escolher, você seria uma árvore ou uma pedra?

2. Qual cor é melhor, vermelho ou azul?"

Essas ele não respondeu, porque não tinham nada a ver com pilotar.

"3. Os detalhes importam?"
– Claro que não – disse ele. – O que importa é aterrissar com segurança, sempre. Quem liga se você engraxa os sapatos ou não?

Resposta errada, descobriu, depois que o examinador o encarou e respondeu:

– Nós ligamos.

Mas há muito que fazer na aviação, fora pilotar caças e aviões comerciais. Há os voos fretados, os voos corporativos e o negócio dos voos panorâmicos; há a pulverização de plantações, os shows de acrobacias aéreas, o monitoramento de dutos e as fotografias aéreas; há o transporte de aeronaves a fazer; há os *banners* aéreos para puxar, os planadores para puxar, os paraquedistas para levar lá nas alturas e depois soltá-los no céu; há as corridas aéreas, os voos com equipes de televisão, os voos para reportagens sobre as condições de trânsito, os voos policiais, os testes de avião, pilotar aviões de carga e mambembar velhos biplanos por campos de feno. E o ensino, lógico; há sempre gente nova chegando com o mesmo objetivo de voar por sua conta... sempre existe a instrução de voo.

Ele fizera tudo aquilo ao longo da vida. Nos últimos anos se tornara instrutor de voo, e dos bons, segundo o provérbio de que os melhores instrutores se conhecem só pela cor do cabelo.

Não que ele fosse um cara da velha guarda, saiba você, nem que não tivesse mais nada para aprender. Só tinha reunido naquelas décadas sua cota de horas de voo, que agora chegavam a doze mil. Não era um tempo nem enorme, nem pequeno. O suficiente para Jamie Forbes aprender a humildade.

Por dentro, porém, ele continuava sendo aquele garoto louco para pilotar qualquer coisa em que pudesse pôr as patinhas.

Era assim que as coisas continuariam a ser, sem interessar a ninguém, não fosse o que aconteceu em setembro passado. O que ocorreu então pode não importar para algumas pessoas; para outras, mudará sua vida da mesma forma como mudou a minha.

CAPÍTULO DOIS

NA ÉPOCA, ele achou que tinha sido coincidência. Jamie Forbes pilotava seu Beech T-34 do estado de Washington até a Flórida, transformando o inverno em verão em seu trabalho de treinamento de pilotos ao embicar o nariz para sudeste durante dezesseis horas de voo, quatro de cada vez.

O T-34, se é que você não conhece, foi a primeira aeronave que a Força Aérea confiou a um cadete, anos atrás: um avião monomotor de asa baixa, com dois assentos, um atrás do outro, propulsão a hélice e potência de 225 cavalos. A cabine é igual à de um caça, por isso a transição de piloto em treinamento para piloto de caça seria fácil para os novos alunos.

Ele jamais teria imaginado então, enquanto marchava e estudava, memorizava *checklists*, o código Morse e as regras da aerodinâmica, que anos depois seria dono de um daqueles aviões e ficaria consideravelmente convencido como os civis ficam quando põem as mãos em uma máquina militar supérflua.

Seu T-34 de hoje, por exemplo, tinha motor Continental de 300 cavalos, hélice de três pás, painel de instrumentos com equipamento de navegação que nem sequer tinha sido inventado na época em que aquele avião era novidade, camuflagem azul-celeste e insígnias restauradas da Força Aérea. Era uma aeronave bem projetada e uma maquininha ótima de pilotar.

Voou sozinho, de Seattle, pela manhã, até Twin Falls, em Idaho. Partiu de Twin Falls ao meio-dia e passou por Ogden e Rock Springs rumo a North Platte, em Nebraska.

Aconteceu a uma hora de North Platte, vinte minutos ao norte de Cheyenne.

– *Acho que ele morreu!*
Era a voz de uma mulher pelo rádio.
– Alguém aí está me ouvindo? *Acho que meu marido morreu!*

A transmissão dela estava a 122,8 megaciclos, a frequência Unicom dos aeroportos pequenos; sua voz era alta e clara: não devia estar muito longe dali.

Ninguém respondeu.

– Você consegue fazer isso, senhor Forbes. – Soava calma e paciente aquela voz inesquecível, com um toque sulino.

– Senhor Dexter? – disse ele em voz alta, atônito. Era seu instrutor de voo de quarenta anos atrás, uma voz que ele jamais iria esquecer. Ele lançou um olhar rápido para o espelho, checando o assento de trás. Estava vazio, é claro.

Não havia outro som a não ser o do motor barulhento e suave que seguia em frente.

– *Alguém me ajude, ele morreu!*

Ele apertou o botão do microfone.

– Pode ser, senhora – disse Jamie Forbes –, mas também pode ser que não. A senhora consegue pilotar esse avião sem ele.

– *Não, nunca aprendi!* Juan está caído perto da porta, ele não está se mexendo!

– É melhor nós pousarmos logo, então – disse ele, escolhendo o "nós" porque já estava pensando no que ela diria em seguida.

– *Não sei pilotar um avião!*

– Certo – disse ele –, então nós dois vamos pousar esse avião juntos.

É um acontecimento muito raro um passageiro assumir o controle quando o piloto está incapacitado. Sorte de todos eles que era um bonito dia para voar.

– Sabe como funcionam os controles, senhora? – perguntou ele. – Com os quais a senhora movimenta o manche e estabiliza as asas?

– Sim.

Aquilo tornou tudo mais fácil.

– Só mantenha as asas estabilizadas, por ora.

Ele lhe perguntou quando e de onde eles haviam decolado e para onde estavam indo, virou para leste e, bingo, um minuto depois viu um Cessna 182 abaixo a dez horas, um pouco mais à frente da asa esquerda do T-34.

– Vamos virar só um pouco para a direita – disse ele. – Estamos vendo a senhora.

Se o avião não se virasse, ele não a veria de jeito nenhum, mas fez uma aposta e ganhou. As asas se inclinaram.

Ele mergulhou na curva feita por ela e saiu ao seu lado, deslizando em uma formação a cinquenta pés de distância.

– Se olhar para a sua direita... – disse ele.

Ela olhou, e ele acenou para ela.

– Tudo vai ficar bem agora – continuou ele. – Vamos fazer vocês chegarem ao aeroporto e em terra firme.

– *Não sei pilotar!*

Quando ela disse aquilo, as asas se inclinaram mais na direção dele.

Ele se inclinou com ela, dois aviões fazendo uma curva juntos.

– Isso não será nenhum problema, senhora – disse ele. – Sou instrutor.

– Graças a Deus – disse ela, fazendo o avião se inclinar ainda mais.

– Melhor virar esse manche para a esquerda – falou ele. – Não muito, é só virar um pouco com firmeza e suavidade para a esquerda. Isso estabilizará o voo de vocês.

Ela olhou para a frente, virou o manche e as asas do Cessna se estabilizaram.

– É isso aí – disse ele. – Tem certeza de que nunca pilotou antes?

A voz dela veio mais calma:

– Já vi Juan pilotando.

– Bom, a senhora prestou mesmo atenção.

Ele descobriu que ela sabia onde ficava o acelerador de mão e os pedais do leme, e conseguiu fazer com que virasse o avião para a esquerda até seguir na direção do aeroporto de Cheyenne.

– Qual é seu nome, senhora?

– Estou com medo – disse ela. – *Não vou conseguir!*

– Está brincando comigo. A senhora já está pilotando esse avião há cinco minutos e está se saindo muito bem. É só relaxar, ficar tranquila, fingir que é a comandante de uma companhia aérea.

– Fingir que sou o quê?

Ela tinha ouvido, mas não pôde acreditar no que aquela pessoa dizia.

– Esqueça tudo, menos que a senhora é a comandante de uma companhia aérea, a primeira mulher comandante que essa empresa já contratou, e que pilota há anos e anos. Está completamente à vontade nesse avião, feliz da vida. Pousar um Cessnazinho em um dia lindo como este? Brincadeira de criança!

Esse homem está doido, pensou ela, mas ele é instrutor.

– Brincadeira de criança – repetiu ela.

– Isso mesmo. De qual brincadeira de criança a senhora gostava mais?

Ela o olhou pela janela direita do Cessna, com um sorriso confuso e perturbado; estou prestes a morrer e ele vem me perguntar de *brincadeira de criança*?, pensou. De todos os resgatadores possíveis, tinha de topar com um *maluco*?

– Pular corda?

Ele sorriu de volta. Ótimo. Ela sabe que sou pirado, então agora precisa ser a sã da história – e isso significa manter a calma.

– Brincadeira de pular corda.

– Meu nome é Maria. – Como se ela soubesse que aquilo poderia fazê-lo voltar ao normal.

O aeroporto de Cheyenne despontou, uma faixa no horizonte. A quinze milhas de distância, sete minutos de voo. Em vez de escolher um dos aeroportos menores mais próximos, ele decidira pousar em Cheyenne por ter pistas compridas e ambulância.

– Por que não tenta empurrar esse acelerador de mão, Maria? A senhora vai escutar o motor; o barulho dele vai ficar mais alto, como já sabe, e o avião começará a subir, bem devagar. Empurre-o todo, agora, e vamos praticar uma subidinha aqui.

Ele queria lembrá-la da subida, é claro, para o caso de ela voar baixo demais na aproximação para o pouso. Queria que ela soubesse que estava segura nos céus e que empurrar o acelerador de mão seria a maneira de voltar a subir, quando ela quisesse.

– A senhora está indo bem, comandante – disse ele. – É uma pilota inata.

Então ele fez com que ela puxasse o acelerador de mão, e os dois desceram juntos até a altitude de tráfego.

A mulher ao seu lado olhou-o de seu avião.

Dois aviões quase se tocando no ar... e entretanto não havia nada que ele pudesse fazer para pilotar o avião por ela. A única coisa que tinha eram palavras.

– Estamos quase lá – disse-lhe. – Maria, a senhora está pilotando superbem. Só vire na minha direção de leve, por uns dez segundos mais ou menos, depois volte a estabilizar as asas.

Ela apertou o botão do microfone, mas não disse nada. O avião se inclinou para a direita.

– Está indo bem. Vou falar com a torre de comando em outro rádio. Não se preocupe, ficarei na escuta com a senhora neste aqui, também. Pode falar comigo na hora em que quiser, certo?

Ela fez que sim.

Ele ligou o rádio número 2 na frequência de Cheyenne e chamou a torre.

– Alô, Cheyenne, aqui é o Cessna 2461 Echo.

O número da aeronave estava pintado na lateral do avião dela. Ele não precisava fornecer o seu próprio número.

– Seis Um Echo, prossiga.

– Seis Um Echo é um voo com duas pessoas que está em aproximação para pouso oito milhas a norte.

– Positivo, Seis Um Echo. Autorização para aterrissagem à esquerda na Pista Nove.

– Positivo – respondeu ele. – E o Seis Um Echo é um Cessna 182, piloto incapacitado. A passageira está pilotando o avião; estou voando ao seu lado, ajudando.

Houve um silêncio.

– Repita, Seis Um Echo. O piloto está o quê?

– O piloto está inconsciente. A passageira está pilotando a aeronave.

– Positivo. Pouso liberado em qualquer pista. Está declarando uma emergência?

– Negativo. Vamos usar a Pista Nove. Ela está indo bem, mas não custa deixar de prontidão uma ambulância para o piloto e um caminhão de bombeiros. Deixe os veículos atrás da pista de pouso, certo? Não queremos que ela se distraia com equipamentos seguindo ao seu lado durante a aterrissagem.

– Positivo, vamos manter os equipamentos atrás da aeronave. Atenção: todas as aeronaves na área de Cheyenne saiam, por favor, da área de tráfego do aeroporto, temos uma emergência.

– Ela está em Unicom, Torre, dois-dois-oito. Vou continuar falando com ela nessa frequência, mas escutando a sua.

– Positivo, Seis Um Eco. Boa sorte.

– Não é necessário. Ela está indo bem.

Ele voltou a sintonizar o rádio de novo em Unicom.

– O aeroporto está aí à sua esquerda, Maria – disse ele.

– Vamos fazer uma curva grande e suave para alinhar com a pista. Bem suave, sem pressa. Isso é fácil para você.

Eles executaram um enorme padrão de pouso, com pequenas curvas vagarosas; o instrutor falava com ela o tempo todo.

– Bem, aqui, a senhora pode puxar o acelerador de mão, levar o manete abaixo da linha do horizonte, como fizemos antes, em uma descida bem fácil. O avião adora isso.

Ela assentiu. Se esse homem está tagarelando que os aviões adoram coisas, então provavelmente isso que estamos fazendo não é tão perigoso assim.

– Se não gostar dessa aproximação – disse ele –, podemos voltar a subir e fazer aproximações o dia todo, se quiser. Só que essa aqui está me parecendo ótima. A senhora está indo muito bem.

Ele não lhe perguntou quanto combustível ainda tinha.

As duas aeronaves foram suavemente para a esquerda, rumo à aproximação final; a pista corria bem à frente, concreto largo com sete quilômetros de comprimento.

– O que vamos fazer é tocar o chão de um jeito bem suave; vamos colocar uma roda de cada lado dessa linha branca comprida que está no meio da pista. Ótimo, comandante. Acelere só um pouco mais, empurre o acelerador de mão para a frente mais ou menos um centímetro...

Ela estava calma e reagindo bem agora.

– Traga esse acelerador para trás só um pouquinho. Por falar nisso, a senhora é uma piloto fantástica. É suave nos controles...

Ele se afastou alguns metros da asa dela enquanto os aviões desciam na direção do solo.

– Segure aí; voe direto para baixo em direção a essa linha do meio... pronto, muito bem. Relaxe, relaxe... mexa os dedos dos pés. A senhora está voando como um piloto veterano. Agora traga o acelerador um centímetro para trás... Leve o manche também para trás, uns oito centímetros. Ele vai parecer meio pesado, mas é assim mesmo que tem de parecer. Está lindo, a senhora fará um pouso fantástico.

As rodas estavam a um metro e meio da pista... um metro.

– Mantenha o nariz do avião para cima, como está agora, e vá levando esse acelerador todo para trás, todo para trás.

As rodas tocaram a pista, uma fumaça azul de borracha saiu dos pneus.

– Perfeito – disse ele –, pouso perfeito. Agora pode soltar o manche, a senhora não precisará dele no solo. Manobre o avião com os pedais e deixe que ele siga até parar, aí mesmo na pista. Uma ambulância estará ao seu lado daqui a pouco.

Ele puxou seu próprio acelerador de mão e o T-34 passou de rasante pelo avião dela, subindo.

– Ótimo pouso – disse ele. – A senhora é uma pilota e tanto.

Ela não respondeu.

Ele viu por sobre o ombro a ambulância correr pela pista atrás dela. O veículo desacelerou quando o avião desacelerou, depois parou, com as portas abertas. O caminhão de bombeiros, vermelho e quadrado, veio rodando atrás, desnecessário.

Enquanto a torre de controle tinha o suficiente para se ocupar, ele não disse mais nada. Em menos de um minuto seu avião estava fora de vista, rumo a North Platte.

CAPÍTULO TRÊS

NA MANHÃ SEGUINTE, a matéria de jornal estava pregada no quadro de avisos do aeroporto Lee Bird de North Platte: "Piloto desacordado, esposa pousa avião".
Jamie Forbes franziu o cenho ao ler aquilo. "Esposa" significava "não piloto". Ainda vai levar um tempo, pensou, até os caras entenderem que há um monte de pilotos mulheres por aí, e o número aumenta a cada dia que passa.
Depois da manchete, entretanto, o repórter até que contou a história direito. Quando seu marido desmaiou em pleno voo, Maria Ochoa, 63, achou que ele havia morrido; ficou assustada, ligou pedindo ajuda etc.
Então ele leu o seguinte: "Eu nunca conseguiria ter pousado sozinha, mas o homem do outro avião disse que eu conseguiria. Juro por Deus que ele me hipnotizou, lá mesmo no ar. 'Finja que a senhora é a comandante de

uma companhia aérea.' Eu fingi, porque não sabia pilotar. Quando despertei, o avião estava pousado em segurança!".

A matéria dizia que o marido sofrera um derrame e que se recuperaria.

A brincadeira de se fazer passar por comandante de companhia aérea funciona bem com os alunos, pensou ele, sempre funcionou.

Porém, Jamie esbarrou no que ela havia dito.

Teria hipnotizado a mulher? Ele andou até a lanchonete do aeroporto para tomar o café da manhã, pensando em hipnotismo e lembrando de trinta anos atrás como se tivesse sido ontem.

CAPÍTULO QUATRO

E<small>LE HAVIA ESCOLHIDO</small> um lugar na frente, corredor A, à espera de que Blacksmyth, o Grande, o chamasse quando pedisse voluntários da plateia.

Quase no fim da apresentação, pareceu divertido subir ao palco, embora ele duvidasse que pudesse ser hipnotizado e que fosse escolhido. Duas outras pessoas, um homem e uma mulher, juntaram-se a ele ali.

Blacksmyth, o hipnotizador, bastante distinto de gravata branca e *smoking*, mas simpático no tom de voz e no comportamento, pediu para os três ficarem em fila – e foi o que fizeram, de frente para a plateia. Jamie Forbes estava na ponta mais próxima do centro do palco.

O apresentador se posicionou atrás dos voluntários e tocou o ombro da mulher, tirando-lhe suavemente o equilíbrio. Ela deu um passo para trás a fim de recuperá-lo.

Ele fez o mesmo com o próximo da fila, e o homem também deu um passo para trás.

Forbes resolveu que faria diferente. Quando a mão do hipnotizador lhe tocou o ombro, ele se inclinou com a pressão, confiante em que o show do homem não seria lá grande coisa se deixasse o participante cair no palco.

Blacksmyth o amparou na hora, agradeceu aos outros voluntários e os dispensou sob uma salva de palmas.

As coisas já tinham ido longe demais.

– Desculpe – sussurrou Jamie enquanto o som diminuía de intensidade –, mas não posso ser hipnotizado.

– Ah – respondeu o hipnotizador, com suavidade. – Então o que está fazendo neste planeta?

O hipnotizador fez uma pausa, sem dizer nada, e começou a sorrir para Jamie Forbes. Um murmúrio de risos se ergueu da plateia: o que aconteceria com esse pobre participante?

Nesse mesmo instante, o tal participante sentiu pena do apresentador, pensou duas vezes antes de descer do palco e decidiu ir em frente com aquele jogo. Ele advertira o sujeito, mas não havia motivo para constrangê-lo na frente de mil espectadores pagantes.

– Qual é seu nome, senhor? – perguntou o hipnotizador, alto o bastante para que todos ouvissem.

– Jamie.

– Jamie, já nos conhecemos? – quis saber o outro. – Já nos vimos antes desta noite?

– Não, senhor, não nos vimos.

– Correto. Agora, Jamie – continuou ele –, eu e você vamos fazer um pequeno passeio em nossa mente. Está vendo esses sete degraus à nossa frente? Vamos descê-los juntos. Juntos, desceremos os degraus; para baixo, para baixo, para o fundo, para o fundo...

Jamie Forbes de início não notou os degraus. Deviam ser de plástico ou de pau-de-balsa, pintados de forma a parecer de pedra, e ele os desceu com o hipnotizador, um a um. Ficou imaginando como a plateia poderia acompanhar o espetáculo se o voluntário ia parar quase debaixo do palco, mas concluiu que isso era problema de Blacksmyth. Ele devia ter montado algum esquema com espelhos.

Ao pé dos degraus havia uma porta pesada de madeira. Blacksmyth pediu que ele a atravessasse, e, depois que ele o fez, fechou a porta atrás de Jamie. Sua voz passava claramente pelas paredes, descrevendo para a plateia o que Jamie estava vendo: um quarto de pedra vazio, sem portas nem janelas, porém com bastante luz.

O quarto não era quadrado, mas sim redondo, e, quando ele se virou para ver onde havia entrado, a porta tinha sumido. Estava escondida, provavelmente, camuflada com a pedra.

Apenas parece pedra, lembrou ele a si mesmo. É tecido pintado para imitar quadrados irregulares de granito, um forte medieval.

– Olhe ao redor, Jamie, e diga o que vê – disse Blacksmyth, lá de fora.

Ele escolheu não dizer o que sabia, que era tudo de tecido.

– Parece um quarto de pedra dentro da torre de um castelo. Sem janelas. Sem portas – falou ele.

– Tem certeza de que é pedra? – veio a voz do hipnotizador.

Não me pressione, pensou ele. Não conte comigo para mentir por você.

– Parece pedra. Não tenho certeza.

– Descubra.

É a sua reputação, senhor Blacksmyth, pensou ele. Andou até a parede, tocou-a. Parecia áspera e dura. Empurrou-a suavemente.

– Ao toque, parece pedra.

– Quero que tenha certeza, Jamie. Coloque as mãos na pedra e empurre o mais forte que puder. Quanto mais forte empurrar, mais sólida se tornará.

Que coisa estranha de dizer. Empurrar o mais forte que eu puder é forte mesmo, pensou, e vai ter bloco de madeira por todo lado neste palco. Ele empurrou de leve, no início, depois com mais força, e em seguida com mais força ainda. Era sólido, lá isso era. Isso aqui talvez seja mais um espetáculo de mágica do que de truques da mente, pensou. Como Blacksmyth construiu um quarto de pedra embaixo do palco, e como o transporta de teatro em teatro?

Ele procurou a porta camuflada, mas só havia pedra em toda parte. Pressionou a parede, chutou-a aqui e ali, andou pelo quarto, que não passava de três metros de diâmetro, pressionou o granito e chutou-o com força o bastante para amassá-lo, caso realmente fosse de pau-de-balsa ou plástico.

Era assustador, mas não muito, porque ele sabia que Blacksmyth teria de libertá-lo em breve.

– Jamie, existe uma saída – disse o apresentador. – Pode nos dizer qual é?

Eu poderia escalar isso aqui, pensou, se os espaços entre as pedras fossem maiores. Ao olhar para cima, viu um teto feito do mesmo material, blocos sólidos. Em um dos trechos da parede, notou um lugar chamuscado escurecido, como se lá tivesse havido uma tocha para iluminar o local. Agora a tocha e seu prendedor não estavam mais ali.

– Não dá para escalar – disse ele.

– Você diz que não consegue escalar a parede – falou Blacksmyth, com voz alta e teatral. – Jamie, já tentou?

Ele achou que aquilo era uma dica de que podia haver apoios escondidos.

Não. Ele pisou na borda da primeira fileira de pedras e seu sapato escorregou na mesma hora.

– Não tem jeito de escalar isto aqui – disse ele.

– Você consegue abrir um túnel *embaixo* da parede, Jamie?

Aquela ideia pareceu boba, já que o chão era do mesmo material da parede e do teto. Ele se ajoelhou e arranhou a superfície, mas era tão inflexível quanto o resto do quarto.

– E a porta? Tente a porta.

– A porta sumiu – respondeu ele, sentindo-se ridículo. Como a porta poderia ter sumido? Ele sabia que aquilo fazia parte do truque, mas o fato é que a porta não existia mais.

Jamie Forbes cruzou o quarto até o ponto onde havia entrado e atirou o ombro contra o que parecia pedra, mas poderia ser compensado de madeira pintado. Ao tentar aquilo, só conseguiu machucar o ombro. Como pode esse lugar inteiro ser de pedra?

– Existe uma saída – disse mais uma vez Blacksmyth. – Pode nos dizer qual é?

Jamie Forbes estava cansado e frustrado. Seja lá o que estivesse acontecendo, o truque já estava ficando velho. Nenhuma porta, janela, nenhuma chave, corda, arame ou polia, nenhuma ferramenta, nenhuma outra combinação conhecida para tocar essas pedras. Se existia uma saída, alguma senha secreta que precisasse ser gritada, ele não fazia a menor ideia.

– Desiste?

Antes de responder, ele recuou até um dos lados do quarto, correu três passos e deu um chute voador até o outro lado. Acabou no chão, claro, e a parede sem nenhuma marca.

– Certo – respondeu ele, tornando a se levantar. – Desisto.

– Aqui vai a resposta – disse a voz de Blacksmyth, cheia de teatralidade. – Jamie, *atravesse a parede!*

Esse homem enlouqueceu, pensou, pirou no meio da apresentação.

– Não posso fazer isso – respondeu, meio emburrado.
– Eu não atravesso paredes.
– Jamie, vou lhe contar a verdade. Não estou brincando. A parede está na sua mente. Você pode atravessá-la, se acreditar que pode.

Com o braço esticado, Jamie apoiou a mão na pedra.

– Muito bem – disse ele –, vou tentar.

– Certo, Jamie. Vou lhe contar tudo agora mesmo; vou entregar o truque inteiro. Você não se lembra, mas foi hipnotizado. Não existem paredes ao seu redor. Você está em um palco no Hotel Lafayette, em Long Beach, na Califórnia, e é a única pessoa aqui que acredita estar presa.

A pedra nem sequer vacilou.

– Por que vocês estão fazendo isso comigo? – perguntou. – É por diversão?

– Sim, Jamie – respondeu Blacksmyth com suavidade. – Estamos fazendo isso por diversão. Você se ofereceu como voluntário e pelo resto da vida nunca esquecerá o que está acontecendo hoje.

– Ajude-me, por favor – pediu ele, sem nenhum traço de orgulho ou raiva.

– Vou ajudar você a se ajudar – respondeu Blacksmyth. – Não precisamos jamais ser prisioneiros de nossas crenças. Quando eu contar até três, atravessarei a pedra em um dos lados do quarto. Vou pegá-lo pela mão e atravessaremos a parede juntos no outro lado. E você estará livre.

O que se diz diante de uma coisa dessas? Jamie optou pelo silêncio.

– Um – veio a voz do hipnotizador. – Dois... – Pausa longa. – Três.

Na mesma hora, foi como Blacksmyth dissera. Em um instante, Jamie viu um trecho desfocado na pedra, como se ela fosse de uma água seca que não molha; no instante seguinte, Blacksmyth, em seu *smoking* impecável, atravessou a parede do cárcere e ofereceu-lhe a mão.

Inundado de alívio, Jamie aceitou a mão daquele homem.

– Achei que não...

O hipnotizador não diminuiu o passo nem respondeu, dirigiu-se até a pedra do outro lado do quarto e arrastou consigo seu voluntário.

Deve ter soado como um grito, embora não fosse essa a intenção. De Jamie Forbes saiu um berro de assombro assustado e desnorteado.

O corpo de Blacksmyth sumiu na pedra. Por um instante, Jamie segurou com força um braço sem corpo, cujo punho e mão se moviam para a frente, arrastando-o diretamente para a parede.

O som seguinte que ele soltou, qualquer que fosse, deve ter sido abafado pela parede, e no instante a seguir ouviu um clique como o de estalar de dedos e viu-se de volta ao palco, segurando a mão de Blacksmyth e piscando ante os refletores, envolvido em aplausos fascinados.

As pessoas que ele pôde ver, nas primeiras fileiras diante da escuridão atrás dos refletores, levantavam-se para aplaudir de pé o hipnotizador, e, estranhamente, para aplaudi-lo também.

O ato fora o *grand finale* de Blacksmyth. Ele deixou seu voluntário ser inundado de aplausos, desapareceu nas coxias e voltou duas vezes antes de o som da multidão se transformar em tagarelice suave, murmúrio de muitas vozes e o som de gente apanhando seus programas, casacos e bolsas enquanto as luzes do teatro se acendiam.

Jamie Forbes desceu, cambaleante, os degraus até a plateia, onde algumas pessoas sorriram para ele e lhe agradeceram a coragem de haver se oferecido.

– Foi real, parecia real para você, a pedra e tudo o mais?
– É claro que foi real!

Elas riram, depois deram sorrisos intrigados e explicaram:
– Você estava no palco, no centro. No palco vazio! Blacksmyth estava à esquerda, falando com você. Você fez tudo parecer tão real! O salto do fim e o chute; foi impressionante! Você acreditou de verdade... não foi?

Mais do que acreditou. Ele sentiu.

No caminho de volta para o apartamento, Forbes remoeu vezes sem conta o que aconteceu naquela noite.

Era pedra sólida como qualquer rocha, dura como qualquer aço que ele já tocara. Crença? Ele teria morrido de fome naquele quarto, aprisionado ali pela... pela o quê? Mais do que crença. Pela convicção absoluta e inquestionável.

A partir da mais simples das sugestões – "Vamos dar um pequeno passeio em nossa mente...".

O que eu estava pensando, "não posso ser hipnotizado?". Caí na conversa mole e me convenci de que estava em uma prisão. Como esse tipo de coisa pode acontecer?

Anos mais tarde, ele descobriu que não teria morrido ali, caso houvesse sido deixado sozinho. Ele acabaria adormecendo e, quando acordasse, estaria livre das crenças de aprisionamento que haviam lhe parecido tão reais algumas horas antes.

CAPÍTULO CINCO

Na noite seguinte, a placa no saguão continuava a mesma:

BLACKSMYTH O GRANDE
SURPREENDENTES PODERES DA MENTE!
No palco esta noite!

Nesta última noite da apresentação, Jamie Forbes escolheu um lugar no meio da plateia, corredor S, a trinta metros de distância do palco. Nada de se oferecer como voluntário dessa vez, pensou. Hoje vamos apenas assistir.

O que esse homem fez comigo? Como ele fez isso?

Todos os atos foram divertidos, é claro, mas ele deixou

de lado a diversão para assistir ao que acontecia: algumas palavras em tom baixo e a primeira voluntária se perdeu em um transe.

Bastou um olhar para as cartas embaralhadas e ela se lembrou da sequência de cinquenta e duas cartas de baralho, sem errar, à medida que elas eram retiradas do maço.

– Seu braço é duro e sólido como uma barra de ferro – ordenou o hipnotizador para outro voluntário, relativamente baixo, e nenhum homem da plateia foi forte o bastante para dobrar aquele braço.

– Você consegue enxergar claramente o espírito do marido falecido da senhora Dora Chapman – disse ele a uma adolescente, sugestionando-a –, que agora está de pé na sua frente. Pode nos descrever o senhor Chapman?

– Sim, senhor – respondeu ela, sem piscar. – Ele é alto, magro, de olhos castanhos, cabelos pretos penteados para trás, bigodinho. Sorri como se estivesse superfeliz. Está usando o que parecem ser roupas de montaria, formais e... arrojadas, acho que é isso, uma gravata-borboleta preta...

Depois daquela descrição, a foto dele foi exibida em uma tela para a audiência; era um homem com roupas diferentes, mas igual ao que ela descrevera. Uma tipoia sustentava-lhe o braço, torcido ou quebrado não muito antes de a foto ser tirada, mas era o mesmo homem, sem dúvida. De algum modo, ela conseguira vê-lo, a menos que estivesse mentindo e houvesse recebido uma dica, o que Jamie Forbes duvidava.

A coisa prosseguiu assim, com Blacksmyth cumprindo o que prometera à plateia: poderes surpreendentes vinham à tona em pessoas tão comuns quanto o próprio Jamie o fora na noite anterior.

Seria essa plateia, perguntou-se ele, composta de voluntários de outras apresentações tentando entender o que acontecera com eles na semana passada?

Foi só o que ele pôde fazer para evitar reviver seu próprio transe, até vir o último ato do espetáculo. Lá estavam os três voluntários no palco. O primeiro deu um passo para trás quando o hipnotizador pressionou suavemente seu ombro, a segunda começou a cair e foi amparada na mesma hora, o terceiro resistiu ao toque. O primeiro e o terceiro foram dispensados com agradecimentos e aplausos, cortesia de certa maneira importante para o apresentador.

Jamie se esforçou para captar as palavras de Blacksmyth ditas em voz suave para a voluntária remanescente, tentou ler seus lábios. Tudo o que conseguiu entender foi a palavra "viagem". O hipnotizador disse a ela algo diferente do que dissera a Jamie na noite anterior, demorando mais alguns segundos com ela.

– E qual é seu nome, senhora? – perguntou ele para todos ouvirem.

– Lonnie – respondeu ela, com voz firme.

– Correto! – disse ele. Depois de esperar a risada diminuir, ele ergueu a voz e prosseguiu: – Agora, Lonnie, você e eu nos conhecemos, já nos vimos alguma vez antes desta noite?

– Não.

– Isso é verdade – afirmou ele. – Lonnie, poderia, por gentileza, dar um passo para cá?

Jamie Forbes não viu nada que apontasse uma seta – "hipnotizador" – para o homem no palco; nenhum rótulo na mulher dizendo "já em transe". Eram apenas duas pessoas caminhando juntas devagar, um momento cotidiano. Eles foram da beira do palco para o centro. Ele sabia o que ela estava vendo: paredes, pedra, a cela de prisão. Porém, não havia nada ao seu redor. Nada. Ar. Palco. Plateia. Nem sequer a cortina mais transparente, nenhum espelho, nenhum truque de luz. Contudo, o rosto dela se nublou, como deve ter acontecido com o seu. O que acontecera com a porta? Para onde tinha ido Blacksmyth?

Ele nem havia se perguntado "De onde vem essa luz?", assim como ela tampouco. Ficou pensando se ela também teria visto a marca chamuscada da tocha na pedra.

Observou-a esticar o braço para a parede invisível, tocá-la. Empurrá-la, ir para a esquerda e tornar a empurrá-la.

Talvez ela estivesse imaginando um tipo diferente de pedra, pensou, mas a que ela criara era tão dura, tão sólida quanto a dele.

– Olá... – disse ela. – Alguém aí consegue me escutar?

A plateia deu risinhos. Lógico que podemos escutar você. Estamos bem aqui!

Jamie Forbes não sorriu. Mais ou menos a essa altura, ele ficara meio amedrontado.

Amedrontado por quê? Do que tivera medo?

De ficar preso, é isso. Trancado na pedra. Sem portas, sem janelas; teto de pedra, chão de pedra... um inseto em uma xícara de chá, sem saída.

Fora tudo um engano, pensou ele, assistindo. Blacksmyth lhe dissera para descer os degraus, murmurara alguma coisa. Ao pé dos degraus estava a porta. Cada minuto tão real quanto fora ontem. Hoje ele viu tudo de outra maneira: o palco, um palco vazio com aquela pobre mulher murada pela própria mente.

A plateia sorriu, fascinada, porém isso era tudo o que Jamie podia fazer para se manter sentado em seu lugar, para se impedir de disparar pelo corredor até o palco e resgatá-la, salvá-la...

De quê, Jamie, pensou, salvá-la de quê? Como se desipnotiza uma pessoa mergulhada tão profundamente na crença de que paredes maciças que você não pode ver estão pressionando-a, prendendo-a, num lugar sem comida nem água, onde o próprio ar está acabando?

Quem poderia ter chegado até ele, contado que aquelas paredes eram uma fantasia e feito ele acreditar?

Eu não teria visto resgatador nenhum, pensou. Só quando ele estivesse perto o bastante.

Perto o bastante... e então o quê? Eu veria alguém vindo até mim, saindo da pedra sólida... mas será que subitamente acreditaria nessa pessoa? Ela diria: "Está tudo na sua cabeça", e eu responderia: "Ah, claro, obrigado", e minhas paredes desapareceriam?

– Olá! – disse Lonnie. – Senhor Blacksmyth? O senhor quis me deixar aqui mesmo? Senhor Blacksmyth, pode me ouvir? Senhor Blacksmyth!

Jamie olhou para o hipnotizador. Como ele consegue

aguentar isso, os gritos dela? Porque daqui a um minuto ela vai começar a gritar.

Lonnie se atirou contra a pedra curvada da sua mente, bateu nela com tanta força que dali a pouco seus punhos sangrariam.

Chega, Blacksmyth, pensou. Agora já chega.

Um rastro de sussurros se espalhou pelo auditório, os sorrisos haviam desaparecido, a plateia começava a ficar incomodada.

Timing perfeito. O hipnotizador andou até ficar a não mais que um metro e meio de distância da sua voluntária, todos os olhares do teatro sobre ele.

– Lonnie, existe uma saída – disse. – Pode nos dizer qual é?

O rosto dela estava angustiado agora.

– Não – respondeu ela, sem esperanças.

Pelo amor de Deus, Lonnie, pensou Jamie Forbes, ande para a frente e dê um soco nesse cara!

Somente anos depois ele saberia que Blacksmyth era para ela o que os hipnotizadores chamam de alucinação negativa: ela não conseguia vê-lo, bloqueada como estava pela alucinação positiva da pedra que ela enxergava ali tão perto, aprisionando-a.

Naquele momento, Jamie Forbes pensou que nada no mundo poderia acordá-la a não ser o estalar dos dedos de Blacksmyth, não importando se ela estivesse morrendo de fome ou de sede. Não era verdade, mas foi o que ele achou, ali assistindo.

– Você já tentou todas as saídas possíveis? – perguntou Blacksmyth.

Ela fez que sim, com a cabeça baixa e ambas as mãos empurrando a pedra de suas crenças.

– Desiste?

Ela assentiu, digna de pena, exausta.

– Aqui vai a resposta – veio a voz dele, cheia de teatralidade. – Lonnie, *atravesse a parede!*

Ela não fez nada. Já estava empurrando a pedra, apoiada em uma postura que parecia impossível de sustentar, empurrando o ar vazio.

Como ela poderia atravessar alguma coisa, como seu corpo poderia ir aonde suas mãos não podiam?

– Lonnie, vou lhe contar a verdade. Não estou brincando. A parede está na sua mente. Você pode atravessá-la, se acreditar que pode.

Quantas vezes Blacksmyth já dissera aquelas palavras? O que isso faria ao coração dele, contar a verdade a alguém incapaz de acreditar?

– Vou lhe contar tudo, Lonnie, agora mesmo. – Ele se virou e falou para a plateia. – Você foi hipnotizada. Não existem paredes ao seu redor. Você está em um palco no Hotel Lafayette, em Long Beach, na Califórnia, e é a única pessoa aqui que acredita estar presa.

– Por favor, não me machuque – pediu ela.

– Não vou machucá-la, prometo. Vou ajudar você a se ajudar – respondeu ele. – Não precisamos jamais ser prisioneiros de nossas crenças. Podemos nos lembrar de quem somos. Quando eu contar até três, atravessarei a pedra em um dos lados do quarto, pegarei você pela mão e atravessaremos a parede juntos no outro lado. E você estará livre.

Lonnie deu uma risada breve e desesperançada. *Apenas me deixe sair.*

– Um – disse Blacksmyth. – Dois... Três.

O hipnotizador fez o que qualquer pessoa na plateia poderia ter feito: deu quatro passos e ficou ao lado dela.

Lonnie engasgou e deu um grito de congelar o sangue ao vê-lo.

Blacksmyth ofereceu-lhe a mão, mas ela atirou os braços ao seu redor, agarrando-se a seu salvador.

– Vamos juntos agora – disse ele, e pegou-a pelo pulso. – Vamos atravessar juntos a...

– NÃO! – gritou ela. – *NÃO! NÃO!*

– Vamos usar a porta – disse ele, calma e inabalavelmente.

Isso já havia acontecido antes, Jamie soube na hora. Lonnie tinha ido tão longe que o hipnotizador passou para o plano B: sugerir a porta.

O que seria o plano C?, perguntou-se. Seria o estalar dos dedos, despertá-la agora no mundo do palco, da plateia; ela se oferecera como voluntária...

Ela se sacudiu, com desespero aliviado, agarrou a maçaneta invisível de uma porta invisível, correu alguns passos e parou, ofegante, virando-se para o hipnotizador. Ele estendeu o braço para tomar-lhe a mão e dessa vez Lonnie a aceitou. Ele ergueu a outra mão até sua própria face, sorriu olhando-a nos olhos e estalou os dedos. Foi como se ele houvesse lhe dado um tapa na cara. Ela deu um salto para trás, de olhos arregalados.

No segundo seguinte, veio uma onda de choque feita de palmas que quebrou a tensão insuportável do teatro; algumas pessoas já estavam de pé, atônitas com o que acontecera diante de seus olhos.

Blacksmyth fez uma reverência e, como ela ainda estava segurando sua mão, fez uma reverência também, espantada.

O urro de maravilhamento espantado preencheu o teatro.

Em meio a tudo aquilo, Lonnie enxugou as lágrimas, e, mesmo do corredor S, Jamie Forbes leu sua agonia: *O que você fez comigo?*

Blacksmyth respondeu algumas palavras que apenas ela conseguiu escutar e gesticulou um "obrigado" com os lábios ante os aplausos, com a expressão: *Não subestimem a força de suas crenças!*

Jamie Forbes ficou perdido dias a fio naquela estranha demonstração, virando-a na mente para cá e para lá até ela se dissolver sem resposta, desaparecer diante de sua obsessão eterna por voar.

Ele enterrou aquele mistério por muito tempo, até bem depois da primeira luz de um dia em North Platte, Nebraska.

CAPÍTULO SEIS

Oito e meia da manhã, o café do aeroporto estava cheio. Ele encontrou um lugar, abriu o cardápio.

– Tudo bem se eu me sentar à sua mesa?

Jamie Forbes ergueu o olhar para ela, uma dessas pessoas de que você gosta no minuto em que bate o olho.

– Sente aí – disse ele.

Ela colocou uma mochila ao seu lado.

– É aqui que se aprende a pilotar?

– Não – respondeu ele, apontando para o céu pela janela. – Você aprende a pilotar lá em cima.

Ela olhou e assentiu.

– Sempre disse que um dia iria aprender. Aprender a pilotar. Prometi a mim mesma, mas não transformei a promessa em realidade.

– Nunca é tarde – disse ele.

– Ah... – fez ela, com um sorriso melancólico. – Acho que para mim é. – Ela estendeu a mão. – Dee Hallock.

– Jamie Forbes.

Os dois olharam para o cardápio. Algo leve, só um lanchinho, pensou ele. Suco de laranja e torrada seriam uma opção saudável.

– Você está em viagem – comentou ele.

– Sim. Pegando carona. – Ela colocou o cardápio de lado e, quando a garçonete chegou, pediu: – Chá e torrada, por favor. De hortelã e com pão integral.

– Sim, senhora – disse a garçonete, memorizando o pedido fácil, e depois se voltou para ele.

– Chocolate quente e torrada de centeio. Carona?

– Você vai pilotar hoje – comentou a garçonete. – Não devia fazer um pedido tão leve, nesta manhã.

– Leve é bom – disse ele.

Ela sorriu e saiu para servir outra mesa, com os pedidos dos dois na cabeça.

– Você está pegando carona em carros ou aviões? – quis saber ele.

– Não tinha pensado em aviões – respondeu Dee. – É possível fazer isso?

– Pedir não dói. Mas é melhor tomar cuidado.

– Por quê?

– Aqui é região de montanha. Alguns aviões não voam tão bem quanto outros, bem alto, com passageiros.

Quarenta e poucos anos, pensou ele. Executiva. Por que está pegando carona?

— Respondendo à sua pergunta — disse ela —, estou testando uma hipótese.

Cabelos castanho-escuros, olhos castanhos, aquela beleza magnética que a curiosidade e a inteligência trazem ao rosto de uma mulher.

— Minha pergunta?
— Por que ela está pegando carona?

Ele piscou.

— Tem razão. Eu estava pensando em algo desse tipo. Qual é sua hipótese?

— Não existem coincidências.

Interessante, pensou ele.

— Que tipo de coincidências não existem?

— Sou uma exploradora das oportunidades iguais — respondeu ela. — Não importa de que tipo. Você e eu, por exemplo; não me surpreenderia se nós dois tivéssemos um amigo importante em comum. Não me surpreenderia se houvesse um motivo pelo qual estamos nos encontrando. Nem um pouco.

Ela o olhou como se soubesse que havia mesmo.

— É claro que não temos como saber — disse ele.

Ela sorriu:

— A não ser por coincidência.

— Que é algo que não existe.

— É o que estou descobrindo.

Busca bacana, pensou ele.

— E está descobrindo mais coincidências por quilômetro nas estradas do que no seu escritório?

Ela assentiu.

– Não acha isso perigoso, pegar carona? Uma mulher atraente pedindo para ser apanhada por qualquer um na estrada?

Risada de isso-é-impossível.

– Eu não atraio o perigo.

Aposto que não, pensou ele. Tem tanta confiança assim em você mesma ou é apenas ingênua?

– A sua hipótese está se confirmando?

– Ainda não estou pronta para chamá-la de lei, mas acho que, pelo menos, logo mais será minha teoria.

Ela havia sorrido ao comentar sobre atrair o perigo; ele ainda não entendera aquilo.

– Eu sou uma coincidência? – perguntou ele.

– Jamie é uma coincidência? – disse ela, como se estivesse falando com alguém que ele não pudesse ver. – Claro que não. Vou lhe contar depois.

– Acho que você é uma coincidência – disse ele. – E não tem nada de errado nisso. Eu lhe desejo sorte em sua viagem.

– Não houve nenhuma palavra nesta mesa que significasse algo para você? – quis saber ela. – Nada que o tenha transformado até agora?

– "Até agora" é o termo operativo – disse ele. – Diga algo capaz de me chocar, moça, algo desconhecido para mim, que possa mudar minha vida, e concordarei que você não é uma coincidência.

Ela pensou a respeito, com um sorrisinho.

– Vou lhe dizer uma coisa – falou. – Sou hipnotizadora.

CAPÍTULO SETE

De vez em quando, alguma palavra conseguia aturdir Jamie Forbes, e dava para ouvir quando isso acontecia, como o ruído branco no rádio do avião quando não há ninguém transmitindo: de repente, o volume sobe e a mente é tomada por uma onda de estática.

Era como se o pensamento engatasse uma terceira e batesse de frente contra algo sem explicação. Ele contava sem perceber... em sete segundos, a audição voltava ao normal.

Como essa pessoa estranha escolheu a minha mesa para se sentar, justamente quando eu me perguntava se tinha mesmo hipnotizado Maria Ochoa no ar e relembrava o dia em que isso aconteceu comigo?

– O café está lotado, foi por isso.

Como ela sabe o que estou pensando? Será que lê mentes? Será que só parece humana, mas na verdade não é? Por que o Inexplicável está acontecendo comigo aqui em North Platte, em Nebraska – será que um extraterrestre me raptou? Como ela poderia adivinhar que minha vida está se transformando, se nunca a vi antes? Acaso. Coincidência. O mais provável é que ela não seja de Marte.

Houve um longo silêncio. Ele olhou para o céu através da janela e depois para os olhos dela.

– O que leva você a pensar que eu acho que seu emprego vai mudar minha vida?

A garçonete chegou com o chá, o suco e as torradas.

– Mais alguma coisa?

Ele fez que não.

– Não, obrigada – disse a hipnotizadora.

Quando ficaram sozinhos com suas torradas, ele formulou de novo a pergunta para ela com o olhar: por que achou que eu me importaria?

– Achei que isso o interessaria – respondeu ela. – Estou me desprendendo. Estou confiando na imaginação em vez de menosprezá-la a todo instante dizendo que é besteira. E, dito e feito, você está interessado.

– Estou – disse ele. – Posso lhe dizer por quê?

– Por favor.

Ele lhe contou o que acontecera no dia anterior, resumindo a história para ela. Naquela manhã, quando Maria disse ao repórter que o piloto a fizera acreditar ser a comandante de uma companhia aérea por meio da hipnose, ele se perguntara se tinha mesmo feito aquilo.

Ela olhou para ele, com ar calmo e profissional.

– Você a fez acreditar que era muito mais que a comandante de uma companhia aérea.

– Ah! O que é hipnose?

Quando Jamie Forbes queria aprender algo, não estava nem aí se alguém iria achá-lo burro.

– Hipnose – disse ela, como se não fosse burrice perguntar – é uma sugestão aceita.

Ele esperou. Ela deu de ombros.

– Só isso?

Ela fez que sim.

– É meio vago demais, não?

– Não. Conte sua história de novo, o que você lembra; eu o interromperei toda vez que tiver hipnotizado a pessoa.

Ele olhou para o relógio acima do balcão, *art déco* com pás de hélices cromadas, marcando nove horas e três minutos.

– Preciso ir.

– Tenha um bom voo – disse ela. – Isso é importante.

Ele piscou ao ouvir a mensagem dúbia. Talvez ela tenha razão. O clima está melhorando a leste, uma frente está se movendo. É cedo, posso esperar melhorar um pouco mais.

– Está bem – disse ele –, vou contar o que aconteceu.

Ele contou de novo o que acontecera no dia anterior, tudo o que lembrava, sabendo que ela o interromperia quando chegasse à parte da comandante de companhia aérea.

– Primeiro, ela disse: "Alguém me ajude, ele morreu!". E eu disse: "Pode ser, senhora, mas também pode ser que não".

– Pare – interrompeu a hipnotizadora. – Você sugeriu que ela podia estar errada, que o marido talvez estivesse vivo. Foi um pensamento novo para ela; ela o aceitou e isso lhe deu esperança e, mais que isso, uma razão para viver.

Ele não havia pensado nisso.

– Eu lhe disse que ela conseguiria pilotar o avião sem ele.

– Espere – disse Dee Hallock. – Você sugeriu que ela conseguiria pilotar o avião. Outra opção nova.

– Eu falei: "É melhor nós pousarmos". Disse "nós" porque sabia o que ela diria em seguida...

– Espere. Você não apenas a estava hipnotizando, mas sabia que estava fazendo isso.

– Ela disse: "Não sei pilotar um avião". E eu respondi: "Certo, então eu e você vamos pousar esse avião juntos".

– Pare. Você estava negando a sugestão dela de não conseguir pilotar, mas seu tom de voz, sua confiança, afirmavam o contrário. Negação e afirmação: sugestões que conduzem a uma demonstração.

E assim foi, com a mulher interrompendo-o em quase todas as frases. Forbes havia sugerido que ela tinha noções de aviação, disse ela; deu-lhe afirmações e confirmações, usou dicas não verbais, sugeriu que ela aceitasse a autoridade dele como instrutor, garantiu que ela podia confiar nele para pousar em segurança, confirmou sugestões com humor... A lista dela continuou, com comentários sobre todas as frases das quais ele se lembrava.

Ele assentiu, convencido. Agora, essa parceira de café da manhã o levara a aceitar a sugestão de que ele havia guiado a mente de Maria. Hipnose seria tão fácil assim?

– Vou falar com a torre de comando em outro rádio. Não se preocupe, ficarei na escuta com a senhora neste aqui, também. Pode falar comigo na hora em que quiser, certo?

– Pare – interrompeu ela, mais uma vez. – O que você lhe disse então?

– Que ela não precisava fazer nada. Que o Sr. Autoridade estava vigiando todo e qualquer movimento dela, ainda que estivesse conversando com outra pessoa.

– Exatamente.

– Eu disse à torre: "Negativo, mas não custa deixar uma ambulância e um caminhão de bombeiros de prontidão. Mantenha os veículos atrás do avião quando ela estiver aterrissando, certo? Não queremos que ela se distraia com equipamentos seguindo ao seu lado durante a aterrissagem".

– Pare. O que você estava fazendo agora?

Ele sorriu:

– Estava hipnotizando o operador da torre de comando.

Ela assentiu, solene.

– Sim. Você sugeriu que estava no controle e que ele devia aceitar isso.

– Lá está a pista à nossa frente, Maria. Vamos fazer uma curva grande e suave para nos alinharmos com ela. Bem suave, sem pressa. Isso é fácil para você.

– Aí está – disse ela. – Você estava sugerindo um futuro pronto, bem-sucedido.

– Estava mesmo, não estava?

– O que você acha? – perguntou Dee Hallock. – Ao me contar a história, quantas sugestões você fez, duas dúzias, três dúzias? Quantas não mencionou? Meus clientes ficam em um estado moderado de transe após uma única frase. – Ela levantou a xícara, mas não bebeu. – Sugestão-Afirmação-Confirmação, sempre girando, como as espirais que apareciam nos filmes antigos para mostrar quando alguém estava... *hip-no-ti-za-do...*

– Não sou só eu, é isso que você quer dizer? Que qualquer um pode nos hipnotizar? Que todo mundo é capaz de fazer isso?

– Não só que todo mundo *é capaz*, meu senhor, mas que todo mundo *o faz*, todos os dias. Você faz, eu faço, o dia todo, a noite toda.

Ele notou, pelo olhar dela, que ela desconfiava que ele não estava acreditando.

Ela se inclinou para a frente, séria.

– Jamie, toda vez que pensamos ou dizemos: eu sou..., eu sinto..., eu quero..., eu penso..., eu sei..., você parece..., você pode..., você é..., você não pode..., você deve..., eu deveria..., eu farei..., isto é..., isto não é..., toda vez que usamos um julgamento de valor, como bom, mau, melhor, ruim, muito bom, lindo, inútil, formidável, certo, errado, terrível, encantador, magnífico, perda de tempo...

– O olhar dela expressava a amplitude da questão. – E

assim por diante... cada declaração que fazemos já não é uma declaração, é uma sugestão, e cada sugestão que aceitamos nos empurra mais para o fundo. Toda sugestão *intensifica a si mesma*.

– Se digo a mim mesmo que estou me sentindo ótimo quando estou péssimo – falou ele –, o "ótimo" se intensifica?

– Sim. Se dizemos a nós mesmos que nos sentimos ótimos quando estamos nos sentindo péssimos, o mau estado desaparece gradualmente a cada sugestão. Se dizemos que nos sentimos péssimos quando estamos nos sentindo mal, pioramos a cada palavra. As sugestões intensificam.

Ela parou, levantou as sobrancelhas por um segundo. Parecia surpresa com sua própria intensidade.

– Isso é interessante – comentou ele, enfatizando as palavras, o que o levou a um transe de saber que o que ela disse era muito mais que interessante. Se o que ela dissera fosse um quarto verdadeiro, um décimo verdadeiro...

– A hipnose não é nenhum mistério, Jamie. É só isso: repetição, repetição e repetição. Sugestões de todos os lados, provenientes de nós mesmos, de todos os outros seres humanos que encontramos: pense isso, faça isso, seja isso. Sugestões vindas das pedras: elas são sólidas, têm substância, mesmo quando sabemos que toda e qualquer matéria não passa de energia, padrões de ligações que percebemos como substância. Coisas sólidas não existem, mesmo que pareça o contrário.

Como se ela estivesse determinada a não se aprofundar demais novamente, segurou a xícara, em silêncio.

Sugestão, afirmação, pensou ele. A moça estava certa. De todas as sugestões que já ouvimos, vimos ou tocamos, nossa verdade é o conjunto daquelas que aceitamos. Não são nossos desejos que se tornam realidade, nem nossos sonhos; são as sugestões que aceitamos.

– Foi o que você fez com Maria – disse ela, por fim.

– Colocou-a em um transe tão profundo que não foi ela quem aterrissou o avião, foi você. Sua mente tomou o corpo dela emprestado o tempo suficiente para você lhe salvar a vida.

Ela abaixou a xícara com cuidado, como se soubesse que o chá nunca deve ser inclinado.

– Diga-me uma coisa...

E ela se calou.

– O quê? – perguntou ele, após um tempo.

– Passou pela sua cabeça, ontem, que talvez ela *não conseguisse* aterrissar aquele avião em segurança?

O piloto ficou em silêncio. Impensável. A hipótese de Maria não conseguir aterrissar seu avião era tão improvável quanto a de ele não conseguir aterrissar o dele.

– Quando aceitamos nossas próprias sugestões – disse sua estranha companheira –, isso se chama *auto-hipnose*.

CAPÍTULO OITO

Por ter passado tantos anos sendo transparente, Jamie Forbes praticava o contrário, a ponto de a essa altura aquilo já haver se tornado quase um hábito.

Essa Dee Harmon, pensou, a caronista em busca das coincidências, mal sabe quanto me fez refletir.

Ele olhou para o relógio e colocou duas notas de dez dólares na mesa do café.

– Tenho de ir – disse. – Se a conta der mais que vinte dólares, você vai ter de inteirar.

– Obrigada – respondeu ela. – Farei isso. Para onde você vai?

– Estarei no Arkansas ao meio-dia, provavelmente. A sudeste daqui.

Ela continuou na mesa quando ele se levantou.

– Foi um prazer conhecê-lo, Jamie Forbes – disse.

Preciso ir, pensou ele, saindo do local. Não *preciso* coisa nenhuma. Podia ficar aqui e conversar com essa pessoa o dia todo, aprender tudo o que ela sabe, podia ficar algumas horas, pelo menos.

Tudo bem, então: eu *quero* ir.

Uma sugestão que aceito, que tenho vontade de aceitar: sinto-me feliz partindo, dirigindo-me até o avião, embarcando de novo na cabine tão familiar e me afastando daquela enxurrada de ideias malucas que se tornaram mais malucas ainda porque podem ser verdade.

Cinto de segurança e cinturão do ombro afivelados, capacete, fios do rádio conectados, luvas vestidas. Que prazerosa, às vezes, é a rotina com um objetivo:

Mistura – RICA

Alavanca da hélice – ELEVAÇÃO TOTAL

Magnetos – AMBOS

Bateria – LIGADA

Bomba de reforço – LIGADA, dois-três-quatro-cinco, DESLIGADA

Área da hélice – DESIMPEDIDA

Chave de partida – PARTIDA

A hélice girou as três pás vagarosamente, em frente ao para-brisa, depois desapareceu assim que o motor deu partida, a fumaça azul se enroscou por um segundo e desapareceu com o jato de ar.

Pressão do óleo – VERIFICADA

Alternador – LIGADO

Ele nunca perdera o fascínio por voar. Nunca se entediara. Cada partida do motor era uma nova aventura que guiava o espírito de uma máquina maravilhosa de volta à vida; cada decolagem unia o seu espírito ao do avião para realizarem o que jamais havia sido feito na história: distanciar-se do chão e voar.

Distanciou-se, também, do chá com torradas com Dee Holland; nem pensou nisso durante a decolagem.

Estamos voando.

Rodas recolhidas.

A velocidade de voo e o ritmo de elevação estão bons. Pressão do óleo e temperatura, pressão de admissão e revoluções do motor e fluxo de combustível e horas remanescentes, cabeça de cilindro e temperatura dos gases de escape no verde, nível de combustível bom; verificar se no céu não há outras aeronaves, observar a Terra passando suavemente abaixo.

Depois que se dominam as técnicas básicas de pilotagem aérea, há bastante espaço para duplas personalidades na cabine. Uma das mentes pilota o avião, a outra soluciona mistérios por puro divertimento.

Minutos depois, a sete mil e quinhentos pés rumo um-quatro-zero graus em direção ao Arkansas, uma das mentes de Jamie Forbes dedicou-se a refletir por que, se não por mera coincidência, ele havia conhecido a senhora Harrelson nessa manhã, em sua missão de provar o que ela tinha tanta certeza de ser verdade.

Nem todo evento precisa ser rotulado como coincidência ou destino, pensou ele. O que importa é o que acontece depois – se fazemos algo com nossas pequenas cenas cotidianas ou se as deixamos escoar coração abaixo e desaguar no Mar dos Encontros Esquecidos.

Será que ele havia mesmo hipnotizado Maria para que ela aterrissasse em segurança? Será que havia se auto-hipnotizado para poder ajudá-la? Será que a hipnose é tão comum a ponto de a realizarmos a cada minuto, todos os dias, conosco e com os outros, sem perceber?

A hipnose não pretende esclarecer nosso papel aqui, pensou ele, mas com certeza discorre sobre como viemos parar neste lugar e como continuamos colaborando.

E se a caronista estivesse certa na sua versão de Maria ter aterrissado em transe... e se fosse verdade?

Se a hipnose não passa de sugestões aceitas, a maior parte do mundo que percebemos à nossa volta deve ser composta de imagens pintadas com nossos próprios pincéis.

– Olá, controle de tráfego aéreo de Pratt, Swift 2304 Bravo entrando quarenta e cinco à esquerda a favor do vento na Pista Três Cinco Pratt.

Sinal fraco no rádio, o avião estava a milhas de distância.

Que sugestões? Pela primeira vez na vida, no silêncio barulhento da cabine, ele abriu os olhos para enxergar.

Voltou no tempo; reviu situações em que estava sozinho e com outras pessoas, casamento e negócios, os anos no Exército, o ensino médio, o ensino infantil, a vida em casa quando criança, a vida como bebê. Como nos tornamos parte de uma cultura, de uma forma de vida, senão aceitando suas sugestões como nossas próprias verdades?

Milhares, milhões de sugestões, um mar de sugestões; aceitas, idolatradas, sensatas e irracionais, rejeitadas, ignoradas... todas escoando invisíveis por mim, por todos os seres humanos, todos os animais, todas as formas vivas na Terra: precisar comer e dormir, sentir calor e frio, dor e prazer, precisar ter pulsação, inalar ar, aprender todas as leis físicas e obedecer, aceitar sugestões de que esta é a única vida que existe, existiu ou existirá. Dee Hartridge só abordou o assunto por alto.

Qualquer declaração, pensou ele, com a qual possamos concordar ou discordar, em qualquer nível... é uma sugestão.

Esse pensamento o fez piscar, o avião totalmente esquecido. *Qualquer declaração?* Isso seria quase toda palavra que ele já viu, falou, ouviu, pensou e sonhou, dia e noite continuamente, durante mais de meio século, sem contar as sugestões não verbais, numa estimativa conservadora de dez mil vezes mais.

A cada instante em que notamos uma parede, reafirmamos *algo-sólido-não-posso-atravessar-isso*. Em quantos nanoinstantes durante o dia nossos sentidos incluem paredes? Portas? Chãos? Tetos? Janelas? Durante quantos milésimos de segundos aceitamos limites-limites-limites, sem nos darmos conta do que estamos fazendo?

Quantos microinstantes em um dia, perguntou-se ele: um trilhão? E toda essa quantidade de sugestões diárias só no quesito arquitetura, sem falar em algo simultaneamente abundante, sugestões sobre os próprios limites – digamos percepção, biologia, fisiologia, química, aeronáutica, hidrodinâmica, física a *laser*... por favor, insira aqui a lista de todas as disciplinas concebidas pela humanidade.

É por isso que as crianças permanecem indefesas por tanto tempo, mesmo aprendendo mais rápido que um raio a cada segundo. Elas precisam aceitar uma base, uma massa crítica de sugestões, precisam se aclimatar espiritualmente aos nossos costumes de espaço e tempo.

A infância é um treinamento básico para a mortalidade. É um dique de sugestões que explode com tanta selvageria sobre os pobrezinhos que eles levam anos para nadar até águas mais calmas, discutir ideias por conta própria. É de impressionar que a primeira palavra que pronunciam não seja "socorro!". Provavelmente é, aquele choro.

Uma hora e dez minutos após a decolagem, instrumentos todos no verde, velocidade absoluta cento e cinquenta nós no vento de proa, céu limpo, ar calmo, tempo estimado de chegada a Arkansas mais uma hora.

Em meio a tudo isso, nós, mortais, devemos aprender a ter medo, pensou ele. Se vamos participar do jogo sendo mortais, o perigo é necessário e a destruição precisa ser uma possibilidade.

Temos de participar, temos de mergulhar fundo, fundo, mais fundo no oceano de sugestões de que somos mortais, limitados, vulneráveis e cegos a tudo, menos à tempestade que assola nossos sentidos; temos de transformar mentiras em crenças inabaláveis, sem questionar, e, ao fazermos isso, evitar a morte pelo máximo de tempo possível e, enquanto nos esquivamos da morte, descobrir por que fomos mandados para cá, para começo de conversa, e por que cargas-d'água chamamos esse jogo de divertimento.

Ah, todas as respostas verdadeiras estão escondidas. O jogo é encontrá-las por conta própria em meio às nuvens de respostas falsas que os outros jogadores dizem que servem para eles, mas que, por algum motivo, parecem não servir para nós.

Não ria, criança. Os mortais acham esse jogo fascinante, e você também achará, quando aceitar a crença de que é um deles.

Quando cadete de aviação, Jamie Forbes frequentou aulas sobre o mal-estar causado pela altitude, algo que acontece quando se voa alto. Será que existe consciência causada pela altitude?, perguntou-se ele agora; será que por termos voado determinada quantidade de anos compreendemos certas coisas das quais nunca teríamos conhecimento em terra firme?

Se você não obedecer às regras, não pode jogar.

A Primeira Regra do Espaço-Tempo da Vida é óbvia: *Você deve acreditar no espaço-tempo.*

Após somente alguns bilhões de sugestões sobre os limites das quatro dimensões, ou seja, por volta dos dois anos de idade, a confirmação chega rápido. Ficamos perdidos no transe sou-um-bebê-humano-indefeso, quando na verdade somos jogadores.

E os que mudam de ideia, que decidem ignorar a tempestade de areia de sugestões deste planeta? Os que dizem:

"Eu sou espírito! Não sou limitado pelas crenças deste mundo alucinado e não fingirei que sou"?.

O que acontece com eles é: "Coitado, natimorto. O pobrezinho viveu menos de uma hora, que pena. Doente não estava, mas não sobreviveu. Quem disse que a vida é justa?".

Os que colaboram, que consentem em ser hipnotizados, pensou Jamie Forbes à velocidade de cruzeiro de sete mil e quinhentos pés, somos nós. Sou eu.

Velocidade absoluta reduzida a cento e trinta e cinco. Ele reprogramou o GPS e mudou o destino do Arkansas para Ponca City, em Oklahoma. Nunca estive lá, pensou; logo estarei.

CAPÍTULO NOVE

—Onde ficam os livros sobre aviação?

O sebo perto do aeroporto em Ponca City parecia promissor porque, pelo jeito, estava mofando no mesmo local havia uns oitenta anos.

– O que temos sobre aviação você encontrará onde está escrito "Viagem", à esquerda. Fica no fim do corredor, do lado direito – respondeu o funcionário.

– Obrigado.

O que tinham não era muita coisa, descobriu o piloto; nada sobre sua paixão atual, a história do hidroavião. Havia três livros bons, contudo, lado a lado: o raro volume duplo de Brimm e Bogess, *Aircraft and Engine Maintenance*, com preço bastante abaixo do normal, três dólares cada um, quando valiam quarenta, e *Slide Rule*, de Nevil Shute, sobre a vida do autor como engenheiro aeronáutico.

A prateleira ficava no nível do olho, e, quando ele puxou os três livros juntos, eles deixaram um buraco bem grande. Normalmente isso lhe teria passado despercebido; porém, como ele não estava com pressa, notou outro livro escondido nas sombras, que ficara preso atrás dos outros. Torcendo para que fosse *Seaplanes of the Twenties*, ele o puxou.

Mas não teve sorte. Nem sequer era sobre aviação: *Enciclopédia dos Artistas de Palco*, de Winston.

Mesmo assim, cativado pelo título, ele o abriu em Long Beach, Califórnia, Hotel Lafayette, e procurou o único artista que conhecera pessoalmente:

SAMUEL BLACK, vulgo BLACKSMYTH, O GRANDE

Hipnotizador americano (1948-1988).
Dizem que Black não tinha concorrentes à altura durante a década de 1970.
"E se acreditássemos estar acorrentados por algo que não existe?", perguntou ele a um repórter da revista *Variety*. "E se o mundo à nossa volta for um espelho perfeito daquilo em que acreditamos?"
Black deixou os palcos em 1987, no auge da fama.
Registros do seu diário pessoal mostram que estava explorando o que denominava "dimensões diferentes" e que teria realizado "[...] algumas descobertas muito interessantes. Decidi deixar meu corpo e regressar para ele enquanto gozo de perfeita saúde" (*Los Angeles Times*, 22 de junho, 1987).
Black foi encontrado morto sem causa aparente em 12 de novembro do mesmo ano, deixando viúva a esposa, Gwendolyn (1951), hipnoterapeuta.

Jamie Forbes depositou os três livros sobre aviação no balcão da livraria, sentindo-se culpado pelo preço dos volumes de Brimm e Bogess, e entregou a enciclopédia ao funcionário, que ele suspeitava ser o dono do estabelecimento.

– Este estava na seção de aviação. É sobre artistas de palco.

– Obrigado. Desculpe, eu o colocarei na seção certa. – O homem pôs o livro de lado. – Estes dois custam três dólares cada um, e o livro de Nevil Shute, quatro dólares. Tudo bem para o senhor?

Como se ele estivesse disposto a vendê-los por menos!

– Tudo bem. Ele é um ótimo escritor.

– *The Rainbow and the Rose, Round the Bend, Trustee from the Toolroom* – disse o funcionário, sorrindo por compartilharem o mesmo bom gosto. – Ele escreveu vinte e três livros, sabe? Ficou famoso por *On the Beach*, mas não acho que essa seja sua melhor obra.

Era o dono, com certeza.

– Sabe, o livro de Brimm e Bogess está barato demais – disse Jamie. – Estou levando vantagem sobre você, com esse preço.

O homem abanou a mão, fazendo pouco-caso do comentário.

– Foi esse o preço que coloquei. Cobrarei mais da próxima vez.

Conversaram um pouco sobre Nevil Shute Norway, o escritor que parecia ter ganhado vida e estar com eles na livraria, cujas histórias apagaram a distância entre dois homens que ele não teve ocasião de conhecer antes de morrer.

Jamie partiu meia hora depois com o livro de Brimm e Bogess, *Slide Rule* e mais duas obras de Nevil Shute, brochuras que precisavam ser relidas. Decidiu passar a noite em Ponca City.

Será que é trapaça, pensou, pagar o preço pedido pela livraria?

Não, decidiu, não é.

CAPÍTULO DEZ

Naquela noite, ainda contente por ter encontrado velhos amigos em velhas páginas, Jamie Forbes desceu para jantar no restaurante do motel.

– Bem-vindo a Ponca City – disse a garçonete, com um sorriso que lhe garantiu uma bela gorjeta antes mesmo de anotar o pedido. Ela lhe passou o cardápio e sussurrou-lhe um segredo: – Temos ótimas saladas.

Ele agradeceu e passou os olhos pela lista depois que ela se retirou. As saladas pareciam mesmo boas.

– Chocolate quente e torrada, suponho.

Ele olhou para cima, surpreso, e encontrou um sorriso diferente.

– Srta. Hammond!

– Hallock – corrigiu ela. – Dee Hallock. Sr. Forbes, está me seguindo?

Impossível. Ele estava a seiscentos e quarenta e três quilômetros do café da manhã em North Platte, e não no Arkansas, para onde disse que iria – ela não tinha como saber, ele não tinha como saber...

– Você pegou carona. Para Ponca City.

– Num caminhão. Dezoito rodas. Uma carga de mil trezentos e sessenta quilos de torrões de grama vindos de North Platte para virar, da noite para o dia, um gramado em Ponca City. Estão entre as pessoas mais carinhosas e corteses do mundo. Sabia que existe um Código dos Caminhoneiros?

– Ora, vamos, srta. Hallock, isso não é possível! Você não pode estar aqui!

Ela riu.

– Muito bem, não estou aqui. Posso jantar com você ou é melhor eu... desaparecer?

– Claro – disse ele, meio que levantando da cadeira. – Desculpe. Por favor, jante comigo. Como você...?

– Sr. Forbes, nem me venha com esse papo de "como você...". É coincidência. Não vai se atrever a me dizer outra coisa, vai?

O que se diz nessas horas, "essas coisas acontecem"? Gaguejamos fragmentos de palavras, balbuciamos frases quebradas – "isso não é possível, isso não pode estar acontecendo..." – quando está claramente acontecendo, não importa se é possível ou impossível?

Ele decidiu ficar calado, mas sua mente tropeçou, dando sacudidelas, uma jaula de pássaro vazia lançada de um trem em alta velocidade.

Não havia nada a fazer a não ser fingir que esse era o mesmo mundo de sempre, embora estivesse na cara que não era.

– Ela disse que as saladas são boas.

Dee riu.

O que ela estava pensando, a exploradora de coincidências?

– As coisas acontecem por um motivo – disse ela. – Disso eu sei. As coisas acontecem por um motivo. Eles pediram saladas, uma massa qualquer, ele não estava nem aí, e ficaram sentados em silêncio. As coisas acontecem por qual motivo?

– Não pude deixar de refletir sobre o que você disse – contou ele. – Que as sugestões nos hipnotizam.

– Se nós as aceitarmos – emendou ela.

– Com dois dias de idade, não temos muita escolha. Depois, é tarde demais.

Ela balançou a cabeça.

– Não. Sempre temos escolha. Aceitamos porque queremos aceitar. Nunca é tarde demais para recusar uma sugestão. Não percebe, Jamie? Não tem mistério: sugestão, afirmação, confirmação. É só isso, repetido sem parar. Sugestões de todos os lados transformadas em consciência pela nossa mente.

Então, ele decidiu, no meio de todo aquele papo de hipnose, dizer-lhe algo sobre o qual não tinha certeza nenhuma.

– Lembra que disse que talvez tivéssemos um amigo em comum? – perguntou.

Ela desviou os olhos do cardápio e fez que sim.

– Nós temos mesmo.

Ela sorriu, em expectativa.

– Ah, é?

– Sam Black.

Nenhuma surpresa, nenhum choque. O sorriso dela ficou carinhoso.

– Você conhece Sam...

CAPÍTULO ONZE

Jamie Forbes a observou por um tempo, analisou o rosto que não traía nenhuma emoção. Ela apenas sorriu aquele sorriso carinhoso, como se, por conhecer Sam, ele soubesse de tudo.

– Como Gwendolyn se transformou em Dee? – quis saber ele. Se suas suposições sobre essa pessoa estivessem erradas, a pergunta seria totalmente descabida.

Não era.

– Não mudei meu nome quando nos casamos. Mas depois que Sam... – aquele sorriso adorável de novo – ... morreu, eu acho, Gwendolyn virou Wendy, e um dia nossa neta, a filhinha de Jennifee, disse: "Vovó Dee". E todo mundo adotou o nome, enquanto eu estava lá.

– Enquanto você estava lá?

– A neta dela ainda me chama assim, e Jennifee.

Essas palavras suscitaram algumas perguntas. Todas de nível pessoal, do tipo que um piloto não se sente muito à vontade para fazer.

– Li sobre ele.

– *Artistas de Palco?* – perguntou ela.

Ele assentiu.

– Deixe-me adivinhar. Você encontrou o livro por coincidência.

Ela achou sua história maravilhosa e nada surpreendente: o livro preso atrás de uma prateleira da seção sobre aviação em um sebo de uma cidade onde ele nunca cogitara aterrissar, justamente quando estava absorvido com a questão da hipnose, no mesmo dia em que conheceu Gwendolyn Hallock Black após uma vida inteira sem saber que ela existia e horas antes de deparar com ela pela segunda vez, quando esse encontro era espetacularmente impossível.

As saladas dos dois chegaram; ela mal tocou na dela por causa das perguntas dele.

– O que você tem contra coincidências? – perguntou Jamie.

– Isso você ainda não descobriu.

– Tem algo a ver com a hipnose.

– Isso você já descobriu. Você se lembra da minha hipótese, que hoje mesmo você ajudou a transformar em minha teoria?

– Isso não existe.

Ele se sentia como um macaco desorientado pelas peças gigantes de um quebra-cabeça para bebês, muito fáceis de encaixar, mas que se via incapaz de montar.

– Basta olhar qualquer pessoa quando conhece alguém importante na sua vida, já em uma etapa avançada do jogo. Com sua permissão, posso perguntar...?
– É claro.
– Como conheceu sua esposa?

Ele riu.

– Não vale! Catherine tirou uma licença na Nasa, foi de carro da Flórida até a Califórnia, fez um desvio em Seattle, parou no aeroporto pequeno onde eu tinha aterrissado após uma tempestade de granizo... – Ele parou na beira de uma longa história. – Tem razão. Não era possível nós nos conhecermos, mas aconteceu.
– Isso foi há...?
– Há dez anos.

O casamento havia sido maravilhoso, pensou ele. Ainda era.

– Eu digo que coincidências não existem e você diz que destino não existe.
– Coincidência é destino – disse Jamie, de brincadeira.

Ela apoiou o garfo e cruzou os braços diante de si.
– Sabe o que acaba de dizer?
– Coincidência nenhuma – falou ele. – Parece que você não é tão destrambelhada quanto achei que fosse.
– Lembre-se de juntar as coisas, por favor – disse ela, sem sorrir. – Se não fosse presa de uma educação equivocada,

se não fosse pelas sugestões que aceitou, se não fosse pela sua consciência condicionada pela cultura que escolheu... você seria capaz de atravessar aquela parede.

Ele se exasperou com o *você*.

– E a Dee? Você é presa de uma educação equivocada?

– Antes, eu era.

– Agora não?

– Não.

– Você é capaz de atravessar aquela parede?

Um sorriso, cheio de confiança:

– Fácil.

– Faça isso, por favor.

– Não.

– Por que não?

– Você descobrirá daqui a algumas horas. Ainda não é o momento de saber.

– Dee – disse ele. – Está tentando me assustar?

Em vez de responder, ela fez algo estranho. Estendeu o braço com a mão aberta e a passou bem devagar da esquerda para a direita em frente ao rosto dele, olhando nos seus olhos.

– Ao fim dessa hora – falou ela – você nunca mais tornará a me ver durante sua vida na Terra. Nós nos conhecemos não por mera coincidência, mas porque é importante que você saiba: *o que sugestão tem a ver com destino?* A resposta transformará tudo em que você acredita e tudo o que vê.

Nada o teria deixado tão estarrecido quanto o que ela dissera.

– Ela tinha razão! – exclamou Dee no minuto seguinte, radiante e alegre, num tom tão sem nexo que o deixou aturdido.
– Quem tinha razão?
– A garçonete! A salada está deliciosa!
– Está mesmo. Uma salada especial.
Ele esqueceu suas perguntas sobre coincidência, destino, atravessar paredes, lembrar alguém sobre alguma coisa.

Ela puxou um caderninho do bolso e leu para ele o Código dos Caminhoneiros, copiado do quebra-sol do caminhão de dezoito rodas no qual pegara carona em North Platte:

> Você é o elo que une os Estados Unidos e você é o melhor amigo de uma criança.
> É o caminhoneiro que entrega a colheita do fazendeiro ao comerciante para que as crianças não passem fome.
> É o caminhoneiro que transporta o combustível que as mantém aquecidas.
> É o caminhoneiro que leva a madeira para o carpinteiro construir as casas que as mantêm seguras e protegidas.
> E é o sacrifício da solidão do caminhoneiro, ao suportar noites vazias e quilômetros solitários, que une os Estados Unidos, do oceano Atlântico ao Pacífico.

Ela tirou os olhos do caderno e olhou para cima.
– Não é lindo?

Os dois conversaram sobre isso, no restaurante em Ponca City, Oklahoma, sobre como aquelas palavras eram verdadeiras e quanto devemos àqueles que se dedicam a trabalhos difíceis e perigosos para fazer de nossa vida o que ela é.

O jantar acabara. Dee Hallock lhe desejou um bom voo e depois se despediu, levantou-se da mesa e partiu.

No quarto naquela noite, ele conectou seu computador à rede de internet do hotel e pesquisou o nome dela. Havia várias Gwendolyn Hallock, é claro, mas apenas uma referência curta, justamente a que ele procurava, um fragmento em um site qualquer de genealogia:

> Samuel Black (1948-1988), hipnotizador de palco; casado com Gwendolyn Hallock (1951-2006); filha, Jennifer (n. 1970).

A internet é famosa por errar números, deturpar citações, atribuir palavras a pessoas que nunca as pronunciaram. Seus fatos são quase sempre ficção.

Mas, de vez em quando, a internet acerta uma. Se esse fosse o caso, Dee Hallock, com quem James Forbes acabara de compartilhar uma salada deliciosa, havia morrido dois anos antes de eles se conhecerem.

CAPÍTULO DOZE

ELE NÃO DORMIU muito bem naquela noite. É por isso que ela era capaz de atravessar a parede, pensou, atirando o lençol para o lado: ela não aceita mais sugestões de que é mortal. *Se não fosse por sua educação equivocada, você seria capaz de atravessar aquela parede.*

Será que a morte é só isso, pensou, uma mudança dramática no que acreditamos ser verdade sobre nós mesmos? E por que temos de morrer para a mudança ocorrer?

Porque nos condicionamos a acreditar que isso é preciso, refletiu. Nós nos casamos com as sugestões profundas de espaço-tempo, até que a morte nos separe.

Conexões são como meteoros: por que *não* deveríamos ter de morrer para acordar? Que sugestões ouvimos dizendo o contrário? Ninguém estala os dedos e – pronto! – consegue sair do espaço-tempo quando bate a vontade, ir para casa quando dá na telha, voltar quando bem entende, tirar umas feriazinhas para colocar tudo em seu devido lugar. Ninguém estala os dedos e – pronto! – já não precisa ser arrancado aos gritos deste mundo por acreditar em acidentes, doenças e velhice.

Ninguém nos avisa que morrer é um costume, não uma lei.

Ele se sentou abruptamente na cama, às duas da madrugada.

Foi isso que Sam Black descobriu.

Essa é a dimensão sobre a qual ele escreveu em seu diário: uma dimensão de *sugestões diferentes.*

Era como estar sob uma catarata mediúnica, uma cascata de revelações, as peças do quebra-cabeça se encaixavam sozinhas enquanto o macaco observava.

Foi assim que o cara deixou seu corpo em plena saúde. Sam Black, o hipnotizador, usou seu treinamento para "desipnotizar-se" da Consciência Condicionada, dos bilhões de sugestões que aceitara (e que todos os mortais aceitam) de que estamos presos a corpos, presos à gravidade, presos a átomos, presos a culturas, presos a mentes terrestres enquanto participamos do jogo.

O esporte chamado espaço-tempo, percebeu ele, é a hipnose! Sugestões só viram verdades quando consentimos, quando aceitamos. As sugestões que nos limitam não passam de ofertas, propostas, até que as aceitamos e as inserimos em correntes feitas sob medida para cada um de nós.

Nós, jogadores, estamos todos sentados na primeira fila, voluntários ávidos para subir ao palco.

O que há diante da plateia? O que há no palco?

Nada!

O que há diante da plateia é o jogo de sugestões que se tornam crenças e que, por sua vez, se tornam visíveis, ideias que se transformam em pedras para os crentes.

Quando era ele que estava naquele calabouço há tantos anos no Hotel Lafayette, o que viu, o que tocou era tão real quanto este mundo: blocos de granito, cimento e argamassa espessos. Ele os viu, tocou-os, sentiu-os. Golpeou-os com força e machucou a mão.

Entretanto, Blacksmyth, o Grande, atravessou aquela parede como se fosse feita de ar.

O participante acreditou que era pedra, sabia que era pedra, impenetrável. O hipnotizador sabia que era ar, que não havia nada para ser atravessado a não ser a convicção particular e invisível da prisão ilusória de alguém.

No escuro da madrugada de Oklahoma, ele apertou o interruptor do abajur no criado-mudo, semicerrou os olhos contra a luz, pegou o lápis do hotel e rabiscou palavras no bloco de anotações.

Assim como naquela prisão, pensou, eu acredito, neste momento, que estou preso dentro de um corpo de pele e osso em um quarto de motel com paredes de pedra e uma porta com tranca.

Nunca questionei minhas crenças! Há muito tempo me convenci e nunca mais duvidei: preciso de ar para respirar, abrigo, comida, água, enxergar com os olhos para saber, ouvir com os ouvidos, tocar com os dedos. Só enxergarei algo quando acreditar nesse algo. Se não há crença, não há aparição.

Mas escute: isso aqui não é nenhuma crença simples que desaparece se mudarmos de ideia, mas sim uma crença profunda, desenvolvida a cada segundo durante a vida inteira, de que esse jogo é a única verdade que existe.

Não precisamos de nossas crenças em limites para viver, escreveu ele, *precisamos delas para participar do jogo!*

Não se pode jogar hóquei sem o gelo e o bastão, não se pode jogar xadrez sem o tabuleiro e as peças, não se pode jogar futebol sem o campo e o gol, não se pode viver na Terra sem acreditar que somos infinitamente mais limitados do que realmente somos.

O lápis parou. Ela tem razão! É hipnose, uma centena de trilhões de sugestões aceitas, quando talvez oito já bastassem.

E daí?

Lá fora na noite, uma sirene, bem fraca. Alguém está fazendo uma jogada fatal, um momento sombrio.

E *daí?*, pensou ele.

Daí que não preciso ficar todo solene, não preciso ficar com medo por causa disso ou daquilo, independentemente de quantas pessoas acreditem nesse isso ou aquilo.

Medo de quê?

De pobreza, solidão, doença, guerra, acidente, morte. Todas essas coisas são terroristas, todas. E todas se tornam impotentes assim que escolhemos não ter medo.

Luz apagada, cabeça no travesseiro, mente sossegada. Não fosse por aquela estada na prisão de Blacksmyth, pensou, tudo isso pareceria maluquice: um mundo feito de sugestões aceitas, onde algo só se torna real quando vira pensamento.

Ei... não fique achando que as crenças são algo desanimado e fraco. As crenças têm um poder feroz, são a mão de ferro do jogo, elas nos fazem reféns a cada segundo, até morrermos.

Morremos em consequência de nossas crenças, pensou ele; a cada minuto, alguém morre de ilusão terminal.

A única diferença entre a realidade da prisão de Blacksmyth e a realidade das paredes à minha volta agora, refletiu ele, é que a prisão teria se dissolvido da noite para o dia sem meu esforço dedicado para acreditar. O quarto vai demorar mais que isso. A prisão precisava da minha permissão pessoal para existir; este quarto foi construído com a permissão de cada pessoa no espaço-tempo – *as paredes encerram as coisas.*

Olhos fechados contra a escuridão. Não há nenhum mundo lá fora, cada pedacinho dele está aqui dentro, pensou; sugestões se tornam crenças, que se tornam percepções, que se tornam tudo o que é sólido em nosso *playground.*

Jamie Forbes dormiu pensando isso.

Acordou cinco minutos depois, num ataque de racionalidade. Você ficou louco, cara? Pensando essas coisas – que o mundo não existe, que a única coisa lá fora é o fruto de sua imaginação? Será que você é tão suscetível às sugestões a ponto de engolir de uma vez só uma mulher qualquer lhe dizendo que nada é real?

Voltou a dormir, feliz por ter mantido a sanidade.

Acordou dez segundos depois. E a relatividade, a mecânica quântica, a teoria das cordas? Você acha que Sugestão é maluquice, mas e a Ciência?

Não existem apenas quatro dimensões aqui no espaço-tempo, pessoal; existem onze dimensões, sabiam? Porém, sete delas estão condensadas em bolinhas, então não conseguimos enxergá-las. Mas elas existem, sério!

Há buracos no vazio do espaço onde a gravidade é tão forte que nem a luz escapa.

Há um número indefinido de universos alternativos que coexistem lado a lado, sabiam? Um universo para cada resultado possível de todas as diferenças possíveis que qualquer pessoa possa fazer neste universo aqui... Universos sem Segunda Guerra Mundial, universos com uma Terceira Guerra Mundial da qual nem temos conhecimento, além de uma Quarta e uma Quinta, universos com pessoas exatamente como nós, com a única diferença de que em um bilhão deles você se chama Mark, e não Jamie, e tem olhos castanhos em vez de azuis.

Voltou a dormir. Como funciona?

Cinco minutos depois, ficou irritado consigo mesmo: isso não é cálculo diferencial e eu não sou um idiota em matemática, pensou; é muito simples. Como vemos o que vemos? Como um pintor vê o quadro que pinta? Assim:

Pintor olha para a tela.
Molha o pincel na tinta.
Passa o pincel molhado na tela.
Pintor olha para a tela.
Molha o pincel na tinta.
Passa o pincel molhado na tela.
Pintor olha para a tela.
Uma pincelada por vez. Todos os dias de nossa vida.
É assim que funciona.

Aqui está seu pote de tinta, Jamie, cheio de sugestões. Aqui está seu pincel; molhe-o com o que você aceitará como verdade. Aqui está sua tela: nós a chamamos de *existência*.

Agora tente pintar um quadro, está bem?

É preciso receber explicações sobre como isso funciona, pensou ele, é preciso retroceder para muito antes da escola.

Estou hipnotizado, pensou. Sei bem como é, por experiência própria; ninguém precisa me explicar. Ao aceitar sugestões, elas se tornam reais, cada pincelada. Trinta anos se passaram e ainda me lembro. Nunca teria conseguido atravessar à força a parede de Blacksmyth no palco, e ela nem sequer existia. Só achei que sim.

Jamie sabia que, em dias santos, alguns fanáticos cristãos aparecem com sangue nas palmas das mãos por causa de feridas milagrosas feitas por pregos, como as de Jesus retratadas em quadros antigos. Na próxima Convenção dos Fanáticos você vai lhes dizer que aquilo não é sangue, é crença? A sua apresentação será: "Acabamos de descobrir que, quando as pessoas eram crucificadas naquela época, os pregos não eram fincados nas palmas das mãos, mas sim nos pulsos. Então, por que vocês estão sangrando nas palmas?".

Resposta: "Porque achávamos que os pregos eram fincados nas palmas das mãos".

Você vai dizer a alguém com uma doença terminal que aquilo que o aflige não é uma enfermidade, e sim uma crença?

A vítima compreensiva responderá, sim, é minha crença, só minha, e acho que são boas razões, obrigada, e pretendo morrer por causa da minha crença, você se importa ou insiste que eu morra por causa de uma crença diferente de sua preferência, ou em outra hora que seja mais conveniente para você do que para mim?

Há livros exibindo fotografias como prova, que mostram voluntários hipnotizados, convencidos de que suas pernas estão amarradas bem apertado com cordas. Um minuto depois, um dia depois, aparecem marcas de cordas na pele deles. Há voluntários que são tocados por cubos de gelo depois de terem lhes dito que aquilo é um ferro quente: uma bolha forma-se no local. Não são as cordas, nem os ferros; são os poderes incríveis da mente.

Nada de milagre, pensou, é a hipnose. E nem se trata de hipnose no sentido grego da palavra, mas apenas de uma sugestão singela e corriqueira do tipo "Quer um bolinho? Sim ou não?", repetida centenas de milhares de bilhões de vezes e à qual a maioria das respostas é sim.

O impressionante seria se *não* víssemos aquilo que nos disseram ser verdade!

Não seria possível, pensou, que, neste universo quântico-elétrico que dizem ser formado por cordas minúsculas, tais cordas sejam criadas pelo *pensamento* em vez de pelo acaso, átomos ordenados pela sugestão? E que nós aceitemos tudo incondicional e irrestritamente, amplifiquemos toda a alegria e todo o terror das crenças de nossas culturas porque aprendemos melhor quando estamos emocionalmente envolvidos na lição que escolhemos aprender, e é acreditando que chegamos lá?

Não é impossível, de maneira alguma. Não vivemos muitas existências, pensou, mas somos livres para acreditar que vivemos, mínimo detalhe a mínimo detalhe por respiração. A crença na reencarnação é exatamente isso: uma crença que nutrimos enquanto a consideramos interessante, útil, atraente. Desvencilhe-se dela e o jogo chegará ao fim.

Então, se as sugestões constroem as coisas que enxergamos à nossa volta, os zilhões de coisas, o que *é* sugestão, na verdade?

Ele refletiu sobre isso no escuro; adormeceu tropeçando em escadas imaginárias.

CAPÍTULO TREZE

Jamie Forbes acordou com o alarme do quarto do motel, sonhos esquecidos. Fez as malas, checou o quarto uma última vez antes de sair, encontrou um bilhete na mesa de cabeceira ao lado da cama, redigido com sua própria letra, esquecido, quase ilegível:

Sxggxstão = qqer Contxt nos lva a mudr noss Pxrcepxxões!

Sugestão é isso – tudo o que nos leva a mudar o modo como pensamos e, consequentemente, o que percebemos. Sugestão é a vibração de um futuro qualquer que podemos tornar realidade.

Ao chegar ao avião, ele já reconhecia alguns contatos que o tinham levado a mudar suas percepções: fotos, quadros, filmes, computadores, escolas, televisão, livros, *outdoors*, rádio, internet, manuais de instrução, reuniões, ligações telefônicas, artigos, perguntas, histórias, pichações, contos de fadas, discussões, documentos científicos, revistas de comércio, cardápios, contratos, cartões de visita, palestras, revistas, músicas, *slogans*, poemas, avisos, jogos, relacionamentos, festas, jornais, pensamentos aleatórios, conselhos, placas de rua, conversas consigo mesmo, com outros, com animais, festas, eventos de formatura, olhares, aulas escolares, emoções, encontros casuais, coincidências ...

... e ele jogou esse mar dentro dos oceanos que havia descoberto anteriormente.

Cada evento é um contato, pensou, rodeando o T-34, revisando-o antes de levantar voo. Todo mundo é um brilho, fulgores do meio-dia em águas infinitas e agitadas, cada *flash* milimétrico uma possibilidade.

Ele se ajoelhou para verificar o trem de pouso esquerdo, a lona do freio, o pneu. O pneu está um pouco gasto, pensou, e teve um *insight* em plena luz do dia: isso é uma sugestão.

Cada sugestão intensifica a si própria.

O pneu está gasto demais?

Se sim: *Gasto demais,*

Próxima sugestão: *Não voe. Troque o pneu.*

Para trocar o pneu, preciso encontrar um mecânico para fazer o serviço, tenho de localizar o pneu apropriado, se não houver no estoque passar a noite aqui para realizar a troca, encontrar e conversar com um número desconhecido de pessoas que eu não conheceria se não fosse pelo pneu, e qualquer uma delas pode alterar minha vida com uma palavra, como a caronista de North Platte. Minha vida está mudando agora, se ficar mais um dia por causa do pneu ou três dias ou vinte minutos... eventos novos se desdobram em outros eventos novos, e cada um deles é consequência de *uma sugestão aceita*.

Ou,

Se não: *Condição do pneu normal*,

Toda sugestão intensifica a si própria.

Próxima sugestão: *Levante voo como planejado*.

(Trilhões de outras sugestões da caixa *Faça outra coisa:* ignoradas. Nenhuma intensificação, nenhuma repercussão.)

Porém, se o pneu estourar na próxima aterrissagem, pode causar grandes problemas.

Sugestão: *Reconsidere a sugestão original*.

Se sim: *O tempo vai passar, o clima vai mudar, o sol vai subir mais alto, os padrões de coincidência mudarão*.

Se não: *Siga em frente*.

Próxima sugestão: *Finalize a inspeção pré-decolagem*.

Ignorar sugestão por enquanto.

Em vez disso, aceite a sugestão de refletir sobre essa situação-que-parece-loucura-e-talvez-não-seja:

Cada sugestão, a cada segundo, pensou, cada decisão que tomamos ou não tomamos é sustentada pela decisão anterior; a decisão anterior foi sustentada pela que a antecedeu; cada uma eleita por uma sugestão que eu-mais-ninguém-eu decido ser verdade para mim. Ninguém nunca toma uma decisão por mim: quando aceito um conselho, sou eu quem decide implementá-lo. Poderia dizer não, de milhares de formas diferentes.

É só chamar as sugestões de "hipnose" e, de repente, você tem o rótulo que tanto procurava, tem o padrão: o quebra-cabeça se encaixa. Todos os dias, todas as pessoas no mundo vão mais fundo em seus transes, todas têm uma história pessoal em que acreditam.

Minha história de hoje, pensou ele, é *Um Cara em uma Jornada*: Jamie Forbes voa através de uma nuvem de decisões que conduzem a mudanças diferentes, que conduzem a uma vida diferente daquela que ele viveria se o pneu do trem de pouso esquerdo tivesse um dezesseis avos menos de borracha na proteção do que parece ter no momento.

Cada incidente está colado àquele que acabou de acontecer e ao que logo acontecerá, pensou, cada um deles um co-incidente.

Vista de cima, a vida é uma campina de co-incidentes, flores que desabrocham a partir de decisões que tomamos, baseadas em sugestões que aceitamos, baseadas em nossas crenças de que as aparências ao nosso redor são verdadeiras ou não.

O pneu esquerdo pode explodir na próxima aterrissagem; ele pode ainda servir para mais cinquenta aterrissagens, suaves... Não preciso de um pneu novo.

E foi isso que Jamie Forbes decidiu, naquela manhã, ajoelhado ao lado do trem de pouso. Este pneu está bom. Aterrissarei suavemente. Por ora, existências diferentes acabaram de ser rejeitadas.

O que ela fez comigo?

Nunca soube diferenciar um avião do outro antes de aprender a voar. Agora eu sei. Nunca havia dado bola para letras antes de estudar grafologia. Agora eu dou. Nunca havia enxergado chuvaradas de sugestões antes de Dee Hallock mencionar que elas são a origem deste mundo. *Agora eu enxergo!*

Até mesmo o que chamam de Lei da Atração, pensou ele – "todos os nossos pensamentos se tornam verdade em nossas experiências" –, é uma sugestão. Toda vez que os executo e dão certo, é uma sugestão. Toda vez que os executo e não dão certo, é outra. Quando os ignoro, nada acontece... Minha vida só muda, segundo a segundo, no instante em que faço algo porque por alguma razão acho que é uma boa ideia.

Com a checagem completa, o piloto guardou a mala no avião, abriu a capota e se acomodou na cabina.

Como todo mundo no planeta, refletiu, o mundo que vejo ao redor é minha visão hipnótica, materializada a partir dos zilhões de sugestões que aceitei ao longo do caminho. Assim que dou o o.k., ela segue adiante, melaço ou relâmpago.

Então, meu mundo todo são proposições aceitas, e elas se tornam crenças, que se tornam suposições, que se tornam minha verdade dirigente e pessoal.

Minhas verdades positivas ("eu posso...") abrem caminho para mais sugestões, caminhos a seguir. Minhas negativas ("eu não posso...") bloqueiam o caminho, instalam-se como um limite para mim.

Sou cidadão de um planeta psicossomático, pensou ele. E daí?

Então, o piloto apertou o botão de PARTIDA, fez funcionar o motor e aceitou sua própria sugestão: vamos deixar a reorganização do universo para depois e voar um pouco.

CAPÍTULO CATORZE

Ele voou para o sudeste em baixa altitude sobre uma terra deserta, rios, florestas e natureza, campos de fazendas antigas passando lá embaixo, dando lugar a campinas.

Voar nos sonhos é assim, a única diferença é que nos sonhos você não está pensando onde aterrissar se o motor sofrer uma pane.

Então sou um cidadão hipnotizado de um planeta psicossomático, pensou ele. Assim como todo mundo. Portanto, que diferença faz?

Naquele momento, pela primeira vez, o piloto ouviu uma voz nova em sua mente. Não a voz tagarela de macaco que o acompanhava sempre, não a voz do seu lado copiloto eu-pilotarei-o-avião-para-você, não a voz do seu lado racional vamos-solucionar-essa-questão-juntos; parecia uma mente totalmente diferente e nova, bem lá dentro, um lado mais superior que os outros.

E daí? E daí que você mesmo se hipnotizou para viver a vida que vive todos os dias?, disse esse lado.

E daí que você pode se desipnotizar?

Demore quanto for necessário, por favor, e pense o que isso pode significar.

Ele tocou o manete, o avião azul levantou o nariz para não colidir com um cabo de telefone solitário, baixou de novo sobre os campos de feno. Parece que ele está mais rápido hoje, voando a cento e sessenta nós a apenas quarenta pés, do que em 2 de março, anos atrás, treze quilômetros acima. Ele aceitou isso; era verdade.

Desde que conheci Dee Hallock, por que estou enxergando sugestões por todo lado?

E como faria isso, me desipnotizar? Retrocederia toda a minha existência? Se aceitei, digamos, duas ou três vezes vinte bilhões de sugestões de que meu mundo é tudo o que parece ser, o que devo fazer agora para mudá-lo?

Morrer. Isso parece tirar a maioria das pessoas de um transe e colocá-las em outro. Mas se você...

... CABOS!, gritou o lado copiloto. *CUIDADO! CABOS!*

Não precisa gritar; o piloto os viu mais à frente. Tinha todo o tempo do mundo para se desviar dos cabos de alta tensão... O avião sobrevoou-os com facilidade e voltou para a altitude anterior por sobre os campos vazios.

Muito melhor, obrigado, disse o copiloto. Cuidado quando pensa em morte. Não são apenas os cabos de alta tensão, há torres de micro-ondas por aqui, armadilhas para aviões; lembre-se de que não são as torres que vão apanhá-lo...

... são os cabos que seguram as coisas. Eu sei.

Pare de pensar em morte, por favor, e cuidado com os cabos. Se quer voar baixo, preste atenção à paisagem, ajude-me um pouco aqui.

Jamie Forbes solucionou o problema com uma pressão no manete. Em um minuto o avião sobrevoou as garras da maioria das torres e virou à esquerda para seguir um rio que corria para o sudeste. O lado piloto da mente relaxou.

Nunca voamos assim na Força Aérea. Quando decolávamos de alguma pista, sabíamos exatamente onde aterrissaríamos, independentemente da distância. No plano de voo militar, não existe um quadrinho correspondente para *"decidiremos ao longo do caminho".*

Agora não. Voar como civil é só decolar e ir em frente, quando o clima está agradável. Pode-se pensar em aterrissar meia hora antes do destino, se esse for o desejo. Basta traçar um rumo qualquer; há aeroportos espalhados a cada vinte minutos pelo país.

Sua mente superior não queria saber de papo relacionado ao voo. *Você quer saber como pode se desipnotizar?*

Não, pensou ele.

CAPÍTULO QUINZE

Jamie Forbes parou para abastecer em Pine Bluff, Arkansas, numa pista que flutuava em meio a um gramado verde-esmeralda recém-cortado. As pessoas de lá eram simpáticas, amistosas com estranhos, o que é comum em aeroportos pequenos.

– Para onde você está indo?
– Flórida.
– Voo longo.
– Sim. Saí de Seattle.

Uma risada.

– *Bem* longo!

Conversaram sobre o clima; ele ouviu uma história rápida quando perguntou sobre a aviação em Pine Bluff, providenciou combustível para o avião, depois foi só dar a partida no motor e decolar de novo.

Nivelou a mil pés, viu que os instrumentos estavam todos normais.

Quer saber como pode se desipnotizar?

Nunca mais quero falar com você, pensou ele. Mas não tinha pensado isso a sério, e decidiu tomar cuidado com suas próprias sugestões dali para a frente, até mesmo na brincadeira. Elas são um negócio poderoso.

Está bem. Depois de consentir em seguir adiante como mortal por alguns anos, como posso me desipnotizar sem desencarnar ao mesmo tempo?

Não pode.

Eu não entendo.

É claro que você entende. É só fazer o que disse, Jamie. Basta desencarnar!

Ele riu. Essa conversa esquisita era diferente de qualquer outra que já tivera consigo mesmo, mas parecia divertida. A pressão do óleo está boa, a temperatura do óleo está normal.

Como posso desencarnar sem morrer? Qual é o seu plano?

Finja que nada neste voo foi coincidência. Finja que era uma lição à espera da hora certa, e que a hora é agora.

De acordo com o que ouviu nas últimas vinte e quatro horas, como você se tornou mortal, para começo de conversa?

Eu estava hipnotizado, pensou, aceitei cinquenta bilhões de trilhões de sugestões de que sou mortal, e não um espírito de luz.

Como Sam Black o conscientizou de que você não estava preso?

Estalando os dedos.

E assim ele o lembrou de quem você era, de que tinha comprado ingresso para um espetáculo, de que tinha se oferecido para subir ao palco.

Então eu me desipnotizo me lembrando de...?

... de quem você era antes de o espetáculo começar. Afirmações. Contra-hipnose. Declarações constantes e contínuas. Você se desipnotiza eliminando sugestões negativas e afirmando contrassugestões positivas.

De que não sou mortal?

Na verdade, você não é. Quer saber qual é a sensação? Negue as sugestões que dizem que você é menos que um espírito, afirme que espírito é o que você é, o que sempre foi e o que sempre será, ainda que seja um espírito optando por brincar de mortal.

Todo jogador tem outra vida fora do jogo. Até mesmo você.

Interessante. Ele tirou um lápis do bolso da manga e escreveu a ideia no mapa, perto da cidade de Grove Hill, Louisiana: *Eu sou espírito. Negar todo o resto.*

Tipo?

Tipo eu não sei.

Tipo... "Eu não sou uma mente limitada, encarcerada em um corpo limitado à mercê de doenças e acidentes."

Bela negação. Agora a afirmação, por favor.

Ele pensou a respeito. Já sou um espírito, aqui e agora. Perfeito. Imortal.

Nada mau. Mudou a definição de si mesmo de alguém encarcerado para alguém livre. Faça isso várias vezes, sem desis-

tência, descarte as sugestões de que é mortal assim que as recebe. Cada vez mais, você ficará ciente de uma dica que o reprime.

Por quê?

Se quer saber por quê, observe o que acontece quando você faz isso.

Como saberei que é verdade?

Hipnotizado, não saberá. Você não pode provar que é espírito. Para não parecerem tolas, muitas pessoas aceitam a sugestão de que são apenas um corpo matando tempo até o tempo as matar.

Mas elas não são.

Não há pressa. Você provará que é espírito quando morrer.

Você quer que eu pareça tolo?

Não acredito em corpos, Jamie, mas você, sim. Então, você é que terá de me dizer. Que mal faz se identificar com um espírito indestrutível em vez de com crenças de espaço-tempo, em vias de extinção?

Que consciência estranha, pensou ele, esse lado mais superior. Então, se não sou mortal, por que me mandou tomar cuidado com os cabos?

Não fui eu. Foi seu copiloto bem treinado, protegendo sua crença-de-ser-mortal no momento em que você iria descobrir algumas ideias para mudar sua vida, se desipnotizar. Enquanto você acreditar que é vulnerável à morte súbita, ele o alertará quando... CUIDADO! TORRE!

O piloto tirou os olhos dos instrumentos e olhou para cima de supetão, pronto para desviar para esquerda-direita-cima-baixo... onde estão os cabos?!!!

Brincadeirinha, disse seu lado superior.

CAPÍTULO DEZESSEIS

Antigos campos deram lugar a montes verdejantes e fazendas que se desenrolavam suavemente lá embaixo. As temperaturas do pirômetro e da cabeça do cilindro estavam normais.

A LDA. Você sabe como ela funciona.

Não tenho nem ideia, pensou o piloto, curtindo esse novo aspecto de si mesmo. LDA. Lista de Aeronaves? Luta de Atenções? Lista de Acrônimos?

Lei da Atração.

É claro. A Lei da Atração: aquilo que pensamos se torna realidade na nossa experiência.

LDA. AVS.

O que é AVS?

Agora Você Sabe.

Agora E S o quê?

Você não está juntando as coisas, Jamie? Acha que ela apareceu na sua vida sem nenhum motivo?

Ele sabia que ela havia aparecido em sua vida por algum motivo, mas tinha mais coisas na cabeça naquela tarde do que o mistério de Dee Hallock.

Estou pilotando um avião aqui, ser superior. Que tal se você simplesmente disser em palavras aquilo que está na minha cabeça?

Até onde eu sei, e é bastante, pilotar esta aeronave está exigindo dois por cento da sua atenção. Você não está voando, o avião é que está. Você está apenas guiando o avião, e uma vez que ele está apontado para a direção certa...

Certo, gritou ele em silêncio, vou lhe dizer o que eu sei!

Ele não sabia o que sabia, mas, assim que começou, soube que iria descobrir. A coisa acontecera assim na sua vida tantas vezes antes que ele uma vez mais confiou nesse estranho procedimento e o acionou, trocando marchas, pensamentos em palavras.

– O que esse tal mundo-feito-de-sugestões-que-aceitei tem a ver com a Lei da Atração? – disse em voz alta, e, quase na mesma hora em que pronunciou "tem a ver com", a ideia se encaixou e a estrutura inteira surgiu finalizada, completa e verdadeira para ele. Por que não vi isso centenas de anos atrás?

Lei da Atração: aquilo que visualizamos consistentemente, aquilo que focamos em nosso pensamento, cedo ou tarde se transforma em realidade na nossa experiência.

... e mais...

Hipnotismo é visualização, focar algo no pensamento: é a Lei da Atração com um supercompressor. Hipnotizados, ouvimos, cheiramos, sentimos o gosto, tocamos as sugestões que permitirmos que adentrem nossa mente – não cedo ou tarde, mas agora mesmo.

Um avião, felizmente para Jamie Forbes, não reage de forma mais instantânea ao pensamento do que a LDA, senão o T-34 já teria desaparecido em pleno voo numa explosão repentina de entendimento.

A LDA não é nenhuma mágica, nenhum mistério cósmico secreto. A Lei da Atração são sugestões aceitas que foram mantidas no nosso pensamento. LDA é o acrônimo de Fico Hipnotizado por Toda e Qualquer Sugestão que Aceito.

A Lei da Atração, enfim, é o mesmo que a *definição de hipnose!*

Mais precisamente, pensou ele, pois sua mente às vezes era precisa, a Lei da Atração é autossugestão – os blocos de construção da auto-hipnose que, com o tempo, outras pessoas conseguem enxergar também.

Isso só é espantoso para quem acha que o mundo é feito de madeira, pedra e aço. Só é impressionante se nunca questionamos que nosso mundo seja mais do que aquilo que parece ser.

Caso contrário, a Lei da Atração é a coisa mais banal do mundo: é *claro* que todos nós, participantes, temos visões das coisas que concordamos em ver.

Ele iniciou o padrão de pouso em Magee, Mississippi, deliciado com o desafio de aterrissar ao norte ante um firme vento do oeste.

Resolveu a coisa inclinando-se de lado na aproximação final: manteve o avião inclinado para a esquerda o tempo todo, e aquela inclinação não natural conservou reta a aeronave apesar do vento lateral, enquanto a roda esquerda principal tocava a pista de pouso. Só então a roda direita também tocou o chão com suavidade, e por fim a roda do nariz.

Abasteceu o avião e tomou um táxi até o motel, envolto em um turbilhão de entendimento, um transe tempestuoso.

Fez o check-in, pegou a chave do quarto e passou por uma estante de livros em brochura. *Compre este livro*, algo lhe sugeriu.

Já tenho um livro. Era a sombra de seu velho eu, pedindo motivos para cada mínima escolha.

Compre mesmo assim, o azul. Ele o fez, perguntando-se alegremente por quê.

Em seu quarto, bateu suavemente na parede. "É *tão... simples!*"

Supercompressor, com certeza. *Então é assim que o mundo funciona!* Ele era capaz de realizar mágicas.

– Olá, Gwendolyn Hallock! – disse em voz alta.

Sentiu o sorriso dela, ouviu-lhe a voz na sua mente: *Só estou mantendo minha promessa.*

– Olá, Blacksmyth, o Grande!

Já nos vimos antes desta noite?

– Sim, já! – gritou o piloto em voz baixa. – Sim, Sam Black, já nos vimos!

Abra o livro em qualquer lugar.

O piloto apanhou o livro onde o havia atirado sobre a colcha e abriu-o ao acaso, ansioso, confiante. As palavras que encontraram os seus olhos eram científicas, densas como pão preto para um esfomeado:

> Somos pontos focais de consciência, enormemente criativos. Quando entramos na arena hologramática autoconstruída a que chamamos de espaço-tempo, começamos na mesma hora a gerar partículas de criatividade, *imajons*, em um dilúvio pirotécnico violento e contínuo.
>
> Os *imajons* não têm carga própria, mas são fortemente polarizados por nossas atitudes e pela força de nossas escolhas e desejos em nuvens de *conceptons*, uma família de partículas de alta energia que podem ser positivas, negativas ou neutras.

Atitudes, escolhas, desejos, pensou Jamie Forbes. É claro! Cientes ou não, conscientes ou não, é isso que determina quais sugestões eu aceito. Eles afetam essas pequenas cordas, essas partículas do pensamento que esse cara chamou de... o quê? Ele voltou uma frase: *imajons*.

> Alguns *conceptons* positivos comuns são *exhilarons*, *excytons*, *rhapsodons* e *jovions*. Entre os *conceptons* negativos comuns estão os *gloomons*, *tormentons*, *tribulons* e *miserons*.

O que estou sentindo neste momento, pensou, deve ser esses *excytons*.

Números infinitos de *conceptons* são criados em uma erupção contínua, uma cascata trovejante de criatividade que aflora de cada centro da consciência pessoal. Eles se aglomeram em nuvens de *conceptons*, que podem ser neutras ou fortemente carregadas – alegres, leves ou pesadas, dependendo da natureza de suas partículas dominantes.

A cada nanossegundo, um número incontável de nuvens de *conceptons* atinge uma massa crítica e depois, graças a explosões quânticas, transforma-se em ondas de alta probabilidade que se irradiam à velocidade dos táquions por meio de um reservatório eterno de eventos alternados supersaturados.

Por um segundo, a página desapareceu e ele viu os fogos de artifício de sua mente, filmes vindos de microscópios em órbita.

A depender de sua carga ou natureza, as ondas de probabilidade cristalizam alguns desses eventos potenciais em uma aparência holográfica compatível com a polaridade mental da consciência que os criou.

Foi assim que acabei indo pilotar aviões. Polaridade mental. Visualização. Minha própria autossugestão incitou as partículas do pensamento a realizar as... como ele chama? As *ondas de probabilidade*. Esse cara não sabe, mas está descrevendo como a coisa toda funciona: hipnotismo cotidiano, sugestões, a Lei da Atração!

Os eventos materializados são a experiência da mente que se carregou de todos os aspectos necessários da estrutura física a fim de transformá-los em realidade e virarem fonte de aprendizado para a consciência criadora. Esse processo autonômico é a fonte de onde brotam todos os objetos e eventos no teatro do espaço-tempo.

Todos os objetos? É claro, graças a nosso consentimento e visualização. Todos os eventos? O que são os eventos, senão objetos em proximidade, atuando juntos?

A persuasão da hipótese do *imajon* está na sua capacidade de confirmação pessoal. A hipótese prevê que, quando focamos a intenção consciente na positividade e afirmação da vida, quando aferramos nossos pensamentos a esses valores, polarizamos massas de *conceptons* positivos, realizamos ondas de probabilidade benéficas e atraímos eventos alternados úteis que de outro modo não pareceriam existir.

Não é hipótese nenhuma, pensou ele, funciona mesmo. Com certeza, pensou. Leis verdadeiras, é possível provar por si mesmo.

O inverso é verdadeiro no caso da produção dos eventos negativos e dos medianos medíocres. Por meio da omissão ou da intenção, estejamos ou não cientes, não apenas escolhemos, mas também criamos as condições externas visíveis que melhor ecoam o nosso estado interior.

Pronto. Ali estava o e-daí: Nós Criamos nosso estado interior para formar o que parece ser nosso Exterior.

Ninguém é passivo, ninguém é um observador, ninguém é vítima.

Nós criamos. Objetos, eventos. O que mais tem aí? Lições. Objetos e eventos equivalem às experiências que tivemos e ao aprendizado que delas tiramos. Ou não, e então criamos outros objetos e eventos e nos testamos mais uma vez.

Foi coincidência? De todas as páginas que ele poderia ter aberto, em um livro que se sentiu compelido a comprar, seu dedo caiu naquela exata página, entre... – ele virou o livro para ver o final – ... quatrocentas páginas. Chance de quatrocentos em um. E este exato livro entre... quantos livros? Coincidência nenhuma, pensou, destino e a Lei da Atração em jogo.

Era essa a teoria de Dee.

Não é teoria nenhuma, sussurrou ela. *É lei.*

CAPÍTULO DEZESSETE

Capa da capota retirada e guardada, na manhã seguinte, Jamie Forbes deslizou mais uma vez para a cabine de seu avião, ligeiramente preocupado com o clima que via adiante. A frente fria havia estacionado com nuvens empilhadas sobre o Alabama e tempestades com quilotons de raios paradas, agitando-se no ar. Não era exatamente um tapete vermelho para aviõezinhos.

Mistura – RICA
Alavanca da hélice – ELEVAÇÃO TOTAL
Magnetos – AMBOS
Bateria – LIGADA
Bomba de reforço – LIGADA, dois-três-quatro-cinco, DESLIGADA
Área da hélice – DESIMPEDIDA
Chave de partida – PARTIDA

e o troar bem-vindo da fumaça azul se enovelando.

Ele decolou observando o clima à frente na sua rota em direção ao leste, nuvens brancas e algumas negras, perguntando-se se deveria ter preparado um plano de voo por instrumentos para o que iria encontrar adiante.

As regras do voo por instrumentos, entretanto, quase não permitem o piloto automático mental, o espaço para a reflexão sobre a jornada, como o permitem as regras de voo visual. Mantendo distância das nuvens, ele escolhera este último modo de voar – porque era mais fluido e mais divertido do que o voo por instrumentos, que é um voo de precisão por meio de números quando não se consegue ver lá fora.

Charles Lindbergh não precisou de rotas aéreas de cartas de voo para ir de Nova York a Paris em 1929, pensou. Lindbergh criou suas próprias rotas áreas.

Jamie nivelou em uma altitude mediana confortável, a cinco mil e quinhentos, com um trajeto suave de curvas em S ao redor das nuvens: lá embaixo, um tapete de relva; lá em cima, um tapete de céu. Espaço para subir, para deslizar, espaço para avançar para leste trançando entre os algodões do Mississippi.

Alguém precisava decidir se tornar a pessoa que se tornou, pensou ele. Não era nenhum tem-de-ser-assim automático. Lindbergh, quando começou a pilotar, era tão desconhecido quanto qualquer outro aluno na aviação. Ele precisou decidir, escolha a escolha, tornar-se o homem que mudou o mundo com seu avião.

A pressão do óleo está boa, a temperatura do óleo, a pressão do combustível. A temperatura da exaustão do gás, o fluxo de combustível, as revoluções do motor, a pressão da admissão.

Lindbergh precisou dar cada passo – atitudes-escolhas-desejos, milhares de vezes repetidos – a fim de primeiro reunir dez trilhões de *imajons* na forma de quinhentos dólares, materializar isso em um avião biplano Curtiss Jenny, encaixar aquilo em uma vida dedicada a apresentações itinerantes, instrução de voo e correio aéreo, ao mesmo tempo se perguntando, enquanto pilotava, se o primeiro voo transatlântico seria feito sozinho em um avião pequeno, e não em um grande.

Entre as sugestões de *você pode fazer isso* e as sugestões de *você não pode,* ele precisou escolher quais semear, que outras nutrir. Quando escolheu *você-pode*, teve de enxergar o futuro em sua mente (nuvens de *exhilarons* rodaram, floresceram): um avião teria de ser construído, algo parecido, por exemplo, com o M-2 do correio aéreo, de Claude Ryan, só que com apenas um assento e todo o espaço restante destinado não para a correspondência, mas para o *combustível* (*excytons* explodiram)!

Ele deve ter tido essa ideia em pleno voo, enquanto fazia apresentações itinerantes e seu copiloto interior transportava dublês e passageiros: digamos cento e sessenta quilômetros por hora, isso daria trinta e cinco horas até Paris; trinta e cinco horas voando a, digamos, quarenta e cinco litros por hora, dariam... mil quinhentos e setenta e cinco – arredondando, mil e seiscentos litros. Se cada litro custa uma libra e setenta e cinco, serão cerca de três mil libras em combustível. Preciso colocar o combustível no centro de gravidade, para que o avião não perca a estabilidade, esteja ele com o tanque vazio ou cheio. Tem de ser um tanque de gasolina voador. É possível, é possível...

Será que Lindbergh conseguiu ouvir o silvo e o pipocar dos *conceptons* por sobre o som do motor?

Ao mesmo tempo que ele começava a pensar sério em relação ao avião, também apostava que poderia se tornar aquele Charles Lindbergh perdido no mar na tentativa maluca de pilotar um monomotor, um *monoplano*, saiba você, quando todo mundo sabia que era preciso um avião biplano com mais de um motor para realizar tal viagem. Ir a Paris com apenas um motor... maluco, é o que ele é, e agora haverá um Charles-sei-lá-o-quê a menos pelos ares.

Para não se tornar o Lindbergh daquele futuro, o piloto de correio aéreo deve ter pensado: meu avião vai precisar de um motor confiável, talvez o novo Wright Whirlwind...

Escolha a escolha, as ideias se tornaram *imajons*, que se tornaram planos no papel, que se tornaram tubos de aço soldados cobertos com tecido, que se tornaram o *Spirit of Saint Louis* de Lindbergh.

Hora de subir, decidiu Jamie Forbes quando as nuvens soltaram um paredão de chuva à frente.

Mistura rica, alavanca da hélice elevada, afogador totalmente aberto. Assim se passou o dia de Jamie Forbes, pensativo, e, ao subir para doze mil e quinhentos pés antes de ficar sobre as nuvens, abaixou o visor de seu capacete escuro para se proteger da luz.

Alguém precisou decidir se tornar o Charles Lindbergh que aceitava suas próprias sugestões, hipnotizar a si mesmo para fazer o que desejava e, de quebra, fazer história. O alguém que tomou essa decisão, dentre todas as pessoas no mundo, foi o cara dentro da mente de Charles Lindbergh.

Que sugestões estou escolhendo aceitar?, pensou Jamie. O que decidi mudar? Quem decidi ser?

CAPÍTULO DEZOITO

Rumo ao sul, com o topo das nuvens lá em cima, a vinte e cinco mil pés, ele adivinhou.

Posso subir mais cinco mil se for preciso, pensou. Se houver buracos nas nuvens, posso descer em espiral para baixo da base delas. E posso programar os instrumentos, se necessário.

Ele havia preparado um plano de voo alternativo na noite anterior. Uma chamada pelo rádio e já não poderia ir aonde bem entendesse, e sim "conforme planejado", em concordância com o centro de tráfego aéreo: teria de voar reto pelas rotas aéreas até Marianna, na Flórida, seguir pelo meio das nuvens, e não ao redor delas, caso o céu se enchesse de neblina.

Esse era o plano B. Nesse meio-tempo, ele passeava a vinte e cinco mil pés no ar límpido, desviando-se do topo das nuvens.

Blacksmyth, o Grande, desipnotizara a si mesmo para sair do corpo. Eu não quero isso. Gosto demais do jogo por aqui; gosto da minha vida de instrutor, de pilotar aviões.

E, quando Sam desencarnou de uma crença consensual, será que simplesmente não apareceu em outra, de acordo com alguma sugestão dos Jogos do Além? Novos conjuntos de oportunidades teriam então de ser aceitos ou recusados – estamos livres para acreditar que agora somos espíritos, não sujeitos aos limites mortais, a leis que eram inquebráveis uma hora atrás.

As convicções dos outros só afetam minha vida quando se tornam minhas convicções também, pensou ele.

Quando nos convencemos de que somos espíritos, atravessamos paredes, invulneráveis às crenças de acidentes, tempestades, doenças, idade, guerra. Já não podemos ser enterrados, alvejados, afogados, esmagados, explodidos, torturados, envenenados, drogados, acorrentados, sufocados, atropelados, infectados, presos, laçados, eletrocutados, encarcerados, dilacerados, espancados, enforcados, queimados, guilhotinados, mortos de fome, operados, manipulados ou danificados por nenhuma pessoa ou governo na Terra, na galáxia, no universo ou na lei do espaço-tempo.

Aqui vai o lado ruim: quando o espírito recusa nossas sugestões, não pode mais brincar no *playground*. Flutuar por ele, é claro que pode. Usá-lo como os mortais o usam, para aprendizado? É proibido.

O que Sam fez, o que os espíritos fazem, é acreditar que estão graduados na etapa espaço-tempo, refletir sobre os valores que aprenderam e as lições que não entenderam na última existência.

Farei essa escolha quando chegar lá, pensou o piloto. Por enquanto, há coisas mais fáceis para aprender.

O altímetro, por exemplo, essa sugestão de instrumento que aponta para vinte e seis mil pés, não é real. O altímetro é minha crença em suposições manifesta em um disco de algo que parece ser alumínio e vidro, ponteiros brancos contra um fundo preto. Não é o que parece. São meus próprios *imajons* polidos de modo a parecer um altímetro.

O instrumento não é real, tampouco a cabine, o avião, meu corpo, o planeta e todo o universo físico. São sugestões. Nuvens passageiras de partículas de pensamento, seguindo o rastro do que eu escolho pensar que elas são.

O que *é* real?

Ele riu consigo mesmo, duas milhas no ar. Até ontem se sentia feliz por apenas sobreviver como instrutor de voo. Sugestões, hipnoses e partículas de pensamento que transformam o mundo em algo sólido como as partículas de rocha fazem com as rochas, isso era para filósofos que tiram o pó das torres de marfim com espanadores.

Agora estou pensando que a rocha é feita de sugestões hipnotizadas e me perguntando: se a rocha não é real, então o que é?

O que você fez comigo, Blacksmyth? Durante cinquenta anos as coisas seguem normais, numa boa, aí o sujeito dá de cara com uma sugestão inocente qualquer – o mundo não é o que você acha que é – e PIMBA, tudo muda!

Acima do nariz, lá no alto, ele viu as nuvens se transformarem de massa sólida em algo esburacado. Buracos na camada. Ótimo.

Certo, pensou, tudo muda. Viva com isso.

Ele apontou o nariz para baixo; a velocidade passou de cento e oitenta e cinco nós para duzentos.

O que é real é o que não muda. Não preciso ser um engenheiro de espaçonaves para saber disso; posso ser um mero piloto de avião. Se algo era real e agora não é, então não é mais real, e a pergunta volta ao começo: "O que é real e permanece real para sempre?".

Ele inclinou o avião lateralmente sobre o topo de uma nuvem e uma névoa desenrolou-se silvando pela ponta da asa.

Algo é real. Deus, o que quer que ele seja. Amor?

Não preciso saber neste minuto o que é eterno; um dia descobrirei isso.

O que importa agora? Se não preciso me desipnotizar para sair do planeta, *à la* Sam Black, posso me reipnotizar em vez disso. Posso escolher o transe que desejo viver. A longo prazo, posso sugerir a mim mesmo qualquer paraíso ou inferno em que desejo acreditar, aqui mesmo na Terra.

Nível do combustível, uma hora e quarenta restantes. As nuvens passaram de esgarçadas a esburacadas, aeroporto de Marianna à frente. Ele embicou o nariz para baixo e a velocidade passou para quase duzentos e dez nós.

O que vai ser?, perguntou-se ele. O que desejo viver? Vai ser um pouso suave ao final deste voo, depois mais um pulo até em casa e então...

Então o quê?

Qualquer coisa que eu queira, qualquer *imajon* que eu acredite ser bacana viver.

O que é melhor, mais feliz?

A essa altura já tenho tudo, praticamente. Ótimo casamento, bons alunos para ensinar, aviões para pilotar, sobrevivo superbem. Existe paraíso o bastante.

Então, depois de toda essa mudança, de subitamente achar que sei como o mundo funciona, o que mudou em mim?

Ele ergueu o visor do capacete, olhou o espelho do arco da capota e viu-se ali refletido, não muito diferente daquela manhã.

O conhecimento é a mudança. Alguém passa a vida na terra, um belo dia entra na escola de aviação e sai dali um piloto com brevê. O que mudou? Ele não sabe dizer, olhando-se no espelho, mas agora tem a capacidade de executar o que antes chamava de milagres.

Eu também, pensou Jamie Forbes. Eu também.

CAPÍTULO DEZENOVE

Ele comprou um sanduíche e meio litro de leite no aeroporto de Marianna. Depois que o avião estava abastecido e o caminhão já tinha se afastado, sentou no chão sob a asa e desembrulhou o sanduíche.

Sei como funciona. Posso mudar aquilo que parece ser sempre que desejar. O que devo mudar, que sugestões devo dar a mim mesmo, devo aceitá-las, tomá-las como verdade em meu transe e observar o mundo rodar ao meu redor?

Ele abriu a carta seccional de Jacksonville, com elevações baixas coloridas de verde e o golfo do México de um azul quase inexistente. Tirou a caneta do bolso da manga da camisa, pousou-a sobre o azul.

Se estivesse me hipnotizando, pensou, que sugestões gostaria de ver se transformarem em realidade ao meu redor? Ele escreveu, em letras de forma definidas, no mapa:

Tudo o que acontece à minha volta deve ser para o bem de todos os envolvidos.

As pessoas devem ser gentis comigo assim como sou com elas.

As coincidências deverão me levar àqueles que me trarão lições a aprender e também a quem poderei ensinar lições.

Não devo sentir falta de nada que necessito para me tornar a pessoa que escolho ser.

Devo me lembrar de que criei este mundo, de que posso mudá-lo e melhorá-lo pelas minhas próprias sugestões sempre que assim desejar.

De vez em quando, tenho de observar a confirmação de que meu mundo está mudando tal como planejei que mudaria, e acharei as mudanças ainda melhores do que havia imaginado.

As respostas para todas as perguntas devem me ocorrer de maneira clara, inclusive rápida e inesperada, e a partir de dentro.

Ele ergueu a caneta e leu o que tinha escrito. Sim, nada mau para um começo. Se eu fosse meu hipnotizador, ficaria feliz por ter feito essas sugestões.

Então ele fez uma coisa estranha. Fechou os olhos e imaginou um espírito evoluído ao lado dele naquele momento, embaixo da asa do avião.

– Existe alguma coisa – sussurrou ele – que você gostaria de acrescentar?

Como se a caneta tivesse ganhado vida própria em sua mão e estivesse escrevendo sozinha, escreveu em letras maiores e mais fortes que as dele:

Sou uma expressão perfeita da Vida perfeita, aqui e agora.

Todos os dias, aprendo mais a respeito de minha verdadeira natureza e do poder que recebi sobre o mundo das aparências.

Sou profundamente grato, em minha jornada, pela orientação e aconselhamento do meu ser superior.

Então parou. Enquanto a caneta se mexia, ele teve a sensação de estar em algum museu de ciências perto de um gerador Van de Graaf gigantesco, com cargas elétricas que atravessavam o seu corpo e faziam seu cabelo se eriçar. Quando as palavras pararam, a energia sumiu.

Uau, pensou ele, o que foi isso? Riu consigo mesmo. Seria a resposta para aquele "Existe alguma coisa que você gostaria de acrescentar"?.

Inconscientemente, pois ocorreu muito no fundo de sua consciência, veio a resposta: *As respostas existem antes de você fazer a pergunta. Se a lentidão for necessária, por favor, deixe isso claro em seu pedido.*

Ele se levantou embaixo da asa, com a sensação de que o mundo já não era o mesmo de um minuto atrás. Não apreendeu o significado da estranha palavra *aconselhamento*, nem se lembrou de agradecer a quem quer que houvesse escrito aquilo.

CAPÍTULO VINTE

Carregadas pelo ar ao sul de Marianna, as tempestades vespertinas relampejavam com vontade. Seu GPS indicava topo a quarenta e dois mil pés; manchas vermelhas de advertência espalhavam-se ao longo do trajeto adiante.

Jamie Forbes esqueceu o negócio das sugestões por um tempo. Hipnotizado ou não, quando se pilota aviões pequenos não se brinca com tempestades; e os monstros tiveram-lhe toda a atenção.

Incapaz de subir alto o bastante para obter um topo claro, ele escolheu a altitude de mil pés, movimentando-se rápido e fazendo o aviãozinho trançar entre as colunas escuras de chuva.

Pingos pesados salpicaram e a seguir golpearam a aeronave, pressionando as asas e o para-brisa enquanto ele se virava em direção ao céu limpo.

Nada de instrumentos de voo hoje, pensou. Este é um ótimo GPS, mas, se você optar por um voo por instrumentos perto de uma tempestade e a tela escolher justamente esse momento para pifar... não será nada legal.

Por que os instrumentos de um avião quase nunca falham nos dias bons, quando não precisamos deles? Não é que com certeza falharão quando o tempo estiver péssimo, mas apenas que isso acontece com frequência o bastante para que seja melhor se precaver, ter planos de reserva.

Nesse exato momento, seus planos de reserva estavam acabando. Àquela distância, com florestas amplas de pinheiros logo abaixo, o caminho de volta a Marianna se fechara em cortinas de cotas de armas prateadas vindas das nuvens. Não eram nem um pouco violentas, mas aqui e ali a visibilidade se encontrava reduzida a três quilômetros – distância legalizada para o voo, mas não segura em um avião veloz.

Ele pegou o mapa no piso da aeronave e identificou qual a sua localização. Aeroporto mais próximo, vinte e um quilômetros a sudoeste. Ele olhou naquela direção e viu o lugar envolto em uma saraivada de chuva.

Por já haver tentado aterrissar no meio de uma tempestade, quando ainda era um jovem piloto, ele desconsiderou a sugestão de um dia repetir a tentativa.

O segundo aeroporto mais próximo era o de Cross City, quase vinte e oito quilômetros a sudoeste, onde o céu estava nublado e a tempestade se fechava a partir do oeste. Ele virou naquela direção, depois de abandonar o percurso em linha reta e optar por zigue-zagues de aeroporto em aeroporto, sapo em um brejão nenúfar.

Quando todos os aeroportos à frente se fecharem no meio da tempestade, decidiu ele, vou pousar no último que estiver aberto e esperar em terra até essa loucura passar. Esse momento tinha chegado.

A dezoito quilômetros de Cross City, ele avistou a tempestade, quase tão negra quanto a meia-noite. *Você vai conseguir, se for rápido.*

Levou o motor à potência total, abaixou o nariz e o pequeno avião deu um salto adiante, com velocidade do vento a quase cento e noventa.

Falou em voz alta na cabine, sem sorrir:

– Meu ser superior está levando essa numa boa...

Oitenta segundos depois, avistou as pistas de pouso em Cross City e um paredão de água que mais parecia um *tsunami* de trezentos metros de altura trovejando a partir do oeste. Abaixo, relâmpagos cintilavam e se bifurcavam na escuridão.

– Torre de Cross City, Beech Três Quatro Charlie a uma milha noroeste para aproximação inicial em sobrevoo de trezentos e sessenta sobre a pista Dois Um de Cross City, se houver autorização.

Se houver autorização. Como se houvesse algum tráfego de pouso agora. Só um louco para estar em padrão de aterrissagem com aquela tempestade a segundos de despencar.

Oh-oh, pensou, *eu mesmo!*

O T-34 disparou sobre a pista como um raio a trinta metros de altitude, voando a quase duzentos nós.

Acelerador ocioso, inclinar-se para cima e virar na direção do vento, velocidade caindo com a subida, câmbio voltado para baixo, alavanca do flap voltada para baixo, nariz abaixado e curva fechada para a aproximação final; a ponta da pista moveu-se suavemente para encontrar o avião, tornando-se granulosa com a chuva. Alguns segundos depois de o mostrador indicar que as rodas haviam abaixado, os pneus chapinharam no asfalto molhado.

Um minuto mais tarde, quando manobrava na rampa de estacionamento, Jamie Forbes tornou-se um peixe dourado em um aquário: enxurradas ruidosas caíram sobre a capota, de modo que não haveria como saber se o motor estava ligado se não fosse pela hélice ainda rodando. Para além disso, ele não conseguia enxergar.

Pisou no freio na pista, taxiando, ante o dilúvio que rugia; cuidadosamente, dobrou o mapa enquanto um raio faiscava ali perto e o trovão sacudia o avião sobre as rodas.

Na beirada do mapa, em letras fortes:

Sou profundamente grato, em minha jornada, pela orientação e aconselhamento do meu ser superior.

Estar seguro no meio da violência foi o primeiro sinal que ele notou de *aconselhamento*.

CAPÍTULO VINTE E UM

Graças à Convenção de Equitação do Sudeste em Gainesville, todos os motéis de Cross City estavam lotados. Todos os atendentes foram educados (*As pessoas devem ser tão gentis comigo quanto sou com elas*), todos lhe disseram que não havia nenhum quarto, suíte, armário de vassouras ou casinha de cachorro vagos até segunda-feira.

Ele decidiu estender seu cobertor de sobrevivência embaixo da asa do avião naquela noite, rezar pela bonança e rumar para o sul de manhã.

A bonança não exatamente se materializou, mas os mosquitos sim. Pouco depois que escureceu, eles o dissuadiram, zumbindo, da ideia de dormir embaixo da asa. Jamie recuou para a cabine, fechou bem a capota para impedir a entrada dos monstrinhos e esticou-se tanto quanto podia com o corpo inclinado para a esquerda sobre o assento de trás, enfiando os dois pés na cavidade do pedal do leme direito.

Resolveu matar o tempo lendo de novo o *Manual do Piloto do T-34* com uma lanterna, cento e cinquenta e uma páginas absorventes de texto e fotos. Conseguiu ler trinta e três delas antes de as pilhas enfraquecerem e pifarem.

Sozinho, apertado, com calor, molhado e no escuro; mais dez horas até o amanhecer. É isso o que se ganha quando se aceitam sugestões para mudar o mundo ao seu redor?

Você não sugeriu uma cama confortável todas as noites, algo lhe disse. Você sugeriu um mundo diferente, um que imaginou verdadeiro. E o tem. Se o que queria era ausência de desafios, deveria ter dito isso. Se o que queria era conforto, deveria ter deixado isso claro.

Ele pensou em procurar pilhas extras para a lanterna e acrescentar Não Devo Passar Desconforto à lista de sugestões. Sozinho e com calor, apertado, molhado e começando a sufocar na cabina fechada, sorriu ao pensar em mudar sua lista de sugestões auto-hipnóticas.

Devo Sempre Ter Comida Boa à Disposição e Ah, Falando Nisso, Devo Dormir Até Tarde Todos os Dias e Nunca Precisar Levar o Lixo Para Fora nem Pagar Contas.

Se alguém estivesse acampado ali perto e o escutasse no escuro, teria ouvido Jamie rir.

CAPÍTULO VINTE E DOIS

Ele se lembrava pouco do sonho, não muito bem. Na última hora antes do nascer do sol, o piloto caíra no sono. Estava de volta à escola, ou pelo menos a um lugar rodeado de quadros-negros vazios.

Havia milhares de palavras escritas nos quadros, mas todas tinham sido apagadas. Então, logo antes de ele acordar, veio um quadro com uma palavra, que não tinha sido escrita com giz, e sim inscrita na pedra:

Vida

Ele teve meio segundo para vê-la antes de os quadros-negros girarem para longe e ele acordar com a primeira luz no leste, ante os céus escuros límpidos.

Sendo um homem que não se lembrava de seus sonhos, Jamie Forbes agarrou-se ao último fragmento, segurou-o até que ele se dissolvesse na aurora.

O sonho é a minha resposta, pensou ele. Finalmente!

Agora, de posse da resposta, pôs-se a procurar a pergunta. Vida, pensou, vida-vida-vida. Será que é melhor anotar isso? Parecia bobo, mas o mapa estava à direita do painel de interruptores no painel de controle. Puxou a caneta da manga e escreveu: Vida.

Parecera tão importante lembrar isso. Agora, a cada minuto parecia mais bobo. Vida. Certo. Os segundos passaram. Certo virou E Agora, que por sua vez virou E Daí. Vida. Palavra legal, mas um contextozinho não faria mal nenhum.

Ele saiu da cabine para o ar fresco, sem mosquitos, um *pretzel* determinado a ser um *grissini*. Da asa ao chão era um pulo de pouco mais de meio metro, mas parecia ser quase um metro.

Uff, que noite. Estou todo duro, duro, duro!

Ali, ao nascer do sol, antes de ele aceitar que as amarras eram verdadeiras...: Não! Eu NÃO vou repetir o que você disse! Rejeito sua sugestão tediosa sobre meus sentimentos; não vou me colocar no transe de que estou doente, limitado ou infeliz. Não estou todo duro, duro, duro; estou o contrário disso. Sou uma expressão perfeita da Vida perfeita, aqui e agora. Sou tão flexível quanto uma cobra, nesta manhã. Sinto zero dor, zero desconforto. Estou com a saúde perfeita, cheio de energia, atento, alerta, descansado e pronto para pilotar!

Em certo nível, ele sabia que estava fazendo aquele truque da desipnose; em outro, ele se perguntou se daria certo.

Para seu espanto, deu. A rigidez sumiu, esvaneceu-se na primeira metade do primeiro segundo em que ele afastou aquela sugestão em vez de abraçá-la, como um camarada vampiro sugador agarrado ao seu pescoço.

Ele ensaiou andar à primeira luz da manhã, como se não estivesse nem um pouco rígido, e, tal como alguma cura milagrosa da Bíblia, andou com facilidade, relaxado e normal.

Aplausos, vindos de uma galeria interna. Era uma demonstração milagrosa, por reflexo: negação de sugestão negativa tão logo ela surge, afirmação da verdadeira natureza, sugestão desaparecida para o limbo de rejeições, capacidade de andar restaurada em questão de segundos.

Este mundo não é mesmo o que parece ser, pensou ele, agora correndo pela pista de manobra à meia-luz e saboreando a vitória. Já que serão sugestões de um jeito ou de outro, por que não tomar as felizes como verdadeiras, em vez das deprimentes? Algo errado nisso?

Vou olhar as coisas deste modo: estou me reprogramando. Trocarei as energias negativas pelas positivas todas as vezes e verei o que acontece. Deus sabe que atraí as deprimentes por tempo o bastante nesta existência, chegou a vez das animadoras.

É estranho que uma coisa tão simples como... Ele se interrompeu na hora. Estranho nada! É natural, normal; é o certo!

Sorriu para si mesmo. Não nos empolguemos demais... Não! Já estou empolgado, graças à minha reprogramação.

Funciona! A única coisa que passa pelos meus portões são sugestões positivas e vitalizadoras!

Eu me reservo o direito de recusar sugestões negativas de quem quer que seja.

Venha, grunhiu aquele novo otimista exuberante dentro dele para as forças da escuridão, qual a sua próxima reprovação para mim? Pode mandar vir. Mande a sua melhor jogada!

Jamie Forbes riu com a batalha pela sua mente e apostou dinheiro no novo cara.

Obrigado, disse ao professor dentro de si. Acho que você verá grandes mudanças, começando a partir de agora.

CAPÍTULO VINTE E TRÊS

Depois da tempestade, o céu havia se aberto completamente. Céu de brigadeiro, como diziam os pilotos, no sudeste inteiro. Espere pequenos cúmulos por volta do meio-dia, pensou Jamie Forbes, checando o avião. Nuvenzinhas que no meio da tarde se transformarão novamente em tempestades. Quando o sol iluminou o horizonte a leste, o T-34 já se encontrava com as rodas recolhidas em ascensão, rumo ao sul. O ar estava fresco e macio como gelo amanteigado. Ele visualizou seu pouso em casa: aterrissagem perfeita, manobra até o hangar.

Nivelado a três mil e quinhentos, uma parte travessa de sua mente se tornou advogada do diabo; ele a empurrou para o palco.

Talvez não seja um pouso perfeito. Algo pode dar errado. O motor pode falhar. Pane elétrica total. As rodas podem descer pela metade e emperrar.

Ele esperou o ataque de seu otimista interior a essas ideias negras, esperou que negasse todas elas. Nada aconteceu.

Pode haver uma falha hidráulica.

Pode ser.

Você não vai dizer Impossível? Nenhuma Negatividade Permitida?

O que há de negativo em uma falha do motor? Parte da razão pela qual você gosta de pilotar é o inesperado. Uma falha hidráulica é um evento, um teste. Não é mais negativo do que um teste de ortografia.

É claro. Tem razão.

Sabe o que é negativo, Jamie? Aqui vai o que é negativo:
"Estou doente."
"Estou preso."
"Sou burro."
"Estou com medo."
"Estou dissociado de meu ser superior."
A negatividade não é o teste, a negatividade é o que você ganha quando é reprovado nele.

Por que não Nada de Testes, respondeu o piloto, hipnotizar minhas aparências para obter voos em que não existem problemas?

Não; não quer saber por quê?

Por quê?

Porque você adora passar nos testes, adora provar a si mesmo.

O piloto considerou aquilo. Não somente testes de aviação.

Não somente de aviação. Todo tipo de teste.

Por que você está tão confiante, se eu não estou?

Já que você sugeriu que não está, vou lhe dizer o porquê. Estou confiante porque não fico me perguntando se o que eu vejo ao meu redor são minhas próprias crenças. Sei que são. Sei que as atraio para mim por motivos importantes. Com sua permissão, vou preencher um pouco o quadrinho Confiante, até que você esteja à vontade para fazer isso sozinho.

Obrigado, mas...

Mas o quê? Está planejando colocar negatividade nesse quadrinho?

O piloto não era conhecido por ser lento. Deixou escapar de repente um "... Nunca vou conseguir fazer isso o tempo todo".

Obrigado, mas... não preciso de sua ajuda.

Sentiu que seu ser superior se divertiu com aquilo.

Ótimo. Avise se um dia precisar. Tchau.

A coisa ficou meio solitária, depois que seu novo amigo se foi.

– Não ficou nada solitária! – disse Jamie em voz alta. Ele não tinha ido embora, os dois tinham apenas se encontrado. É bom encontrar seres superiores nas alturas, e eles atendem quando chamo.

A confiança que ele fingira ter virou confiança sentida de fato, seu segundo instante de cura do dia. Algo havia mudado dentro de Jamie Forbes. Todo esse papo de Hipnotismo pela Cultura não era nenhum jogo de palavras vazio. Quanto mais ele examinava a ideia, mais via por conta própria que era verdade.

As respostas para todas as perguntas devem me ocorrer de maneira clara, inclusive rápida e inesperada, e a partir de dentro.

O avião subiu em diagonal através do topo da camada de névoa a quatro mil e quinhentos, passando por nuvens de pipoca sonhando sonhos gigantescos. Por um segundo, sua sombra caiu sobre uma camada de neblina branca, a silhueta do avião destacada em luz negra intensa, centrada em um halo de arco-íris tecnicolor em um círculo perfeito.

Minha nossa, pensou o piloto. Ao pilotar aviões, você tem retratos visuais como esse, fotos de meio segundo de duração que carrega consigo para sempre. Que vida!

A palavra no quadro-negro, lembrou-se ele; não é interessante? A palavra de seu sonho. Ele refletiu um pouco sobre aquilo. Por que a palavra *Vida* solitária e todas as outras apagadas?

Precisamos lhe explicar?

Oi de novo.

Você queria saber o que era real, lembra?

Já que todo o resto são sugestões e aparências, sim, queria. Ah. Vida? *A vida é real?*

Nivelado a cinco mil e quinhentos. A alavanca da hélice formada pelos seus pensamentos voltou para baixo, fazendo despencar a crença das revoluções de dois mil e setecentos por minuto para dois mil e quatrocentos no taquímetro que não estava ali. Não posso confiar na visão, na audição e no tato para me ensinarem o que é Real; eles fazem parte do meu transe.

Entretanto, sei que estou vivo. Isso é real. *Eu existo.*

Sempre existiu, veio o sussurro. *Sempre existirá.*

Apesar de toda a falsidade do agora-você-está-vendo-e-agora-não-está-mais do espaço-tempo, pensou ele, apesar de todas as suas sugestões e seus caminhos errôneos, suas suposições e crenças, apesar de suas teorias, leis e fingimentos de que somos alguém que não somos, ou seja, caminhantes eretos na superfície em resfriamento de uma rocha derretida esférica – um entre doze planetas que desenham espirais eternamente ao redor de uma explosão nuclear contínua de uma galáxia em espiral localizada em um universo de fogos de artifício; atrás de nossa máscara, o princípio eterno do jamais-nascido-jamais-morto é a *vida*, e o verdadeiro EU não é alguém dotado de uma chama moribunda, mas dotado *dela!*

Nós, com nossa crençazinha de ter um lar; os alienígenas antigos, com sua crença nas civilizações das estrelas; as criaturas espirituais das crenças de além-vida e dos sonhos de dimensões além – por dentro, todos estamos brincando com símbolos, somos cada um a faísca e o fulgor do Real imortal.

Ele piscou para si mesmo. O que é isso em que estou pensando? Como sei dessas coisas?

É porque você pilota aviões, Jamie...

Ah, por favor! Isso não pode...

... e porque, como todo mundo, já está aí dentro; você sempre soube de tudo isso. Está apenas decidindo se lembrar, agora.

Isso para você é divertido?

Criar mundos? É divertido, sim, fazê-lo bem. Assim como você... como todos nós descobriremos, quando percebermos que o que criamos são mundos, a cada sugestão, imagem, enunciado, afirmação...

Eu vou descobrir isso?

Não existe volta, a menos que você esteja desesperado pelo tédio.

O piloto se equilibrava na beirada do que ele esperara uma vida inteira para saber.

Deixe-me ver se entendi, pensou ele, diga se estou indo na direção certa. Estamos flutuando ao redor de algum lugar e imaginamos uma história que seria divertida de viver...

Não estamos "flutuando ao redor de algum lugar". De onde você tirou isso?

... imaginamos nossa história, e portanto nos imaginamos como atores capazes de representar essa história.

Não precisamos estar em nenhuma história, disse esse outro ser. *Mas... tudo bem por enquanto. Prossiga.*

Nós nos criamos por meio de nossa imaginação, nossas sugestões e ideias; atraímos para nós mesmos um ambiente no qual um monte de camaradas está no tipo de transe que queremos estar.

Devo lembrar que criei este mundo, que posso mudá-lo e melhorá-lo com minhas próprias sugestões sempre que assim desejar.

Podemos manobrar nossa história para qualquer direção a qualquer momento, porém nossa crença no espaço-tempo é o nosso mar, é o nosso palco, e, tão logo esquecemos que podemos modificá-lo, passamos a viver um transe não criativo em vez de um criativo.

"*Transe criativo.*" *Isso é ótimo.*

Não *temos* corpos, nós os imaginamos sem cessar. Nós nos tornamos aquilo que constantemente sugerimos a nós mesmos – doentes ou saudáveis, felizes ou desesperançados, burros ou brilhantes.

Ele parou, esperando algum retorno. Silêncio. Alô?

Estou ouvindo. Continue.

É isso. Só cheguei até aí por enquanto.

Não chegou só até aqui. Já está bem mais além. Mas é nesse ponto que acredita estar, e tudo bem. Estou lendo você corretamente, caro mortal? Você acaba de descobrir suas asas de penas azuis; sempre as teve por dentro, ao viver sua fantasia de voar. Você está de pé à beira de um precipício com quatro mil metros de altura, está inclinado para a frente, confiante, as asas abertas, está neste minuto perdendo o equilíbrio no chão e esperando encontrá-lo nos ares?

Sim! Encontrar meu equilíbrio nos ares!

Legal.

Essa foi a última palavra que Jamie Forbes ouviu de seu ser superior por algum tempo. Ele passou aquele período escutando o que ele mesmo acabara de dizer.

CAPÍTULO VINTE E QUATRO

Quando a primeira gota de chuva da primeira tempestade caiu no chão, o T-34 já estava pousado, abastecido e abrigado em segurança no seu hangar. O piloto dirigiu para casa embaixo da chuva e deixou de lado a pilotagem, saboreando o tempo que finalmente teria ao lado de Catherine. Tanta coisa a lhe contar, tanto gostaria de ouvir o que ela teria a dizer.

Ele dedicou o dia seguinte a se lembrar do que acontecera na viagem, a reviver o voo, reviver a conversa e as ideias, anotar o máximo possível, palavra por palavra. O texto chegou a setenta páginas no computador.

Seus alunos esperaram, pacientes como condores.

– O que você faria – perguntou ele, no voo seguinte de treinamento no pequeno Cessna com Paolo Castelli – se o leme emperrasse?

– Eu pilotaria usando os *ailerons*.

– Mostre-me.

Depois:

– O que você faria se os *ailerons* emperrassem?

– Então agora o leme e os *ailerons* estão emperrados, senhor, ou apenas os *ailerons*?

– Os dois emperraram. O leme e os *ailerons* agora estão congelados, você não pode usá-los.

Longo silêncio.

– Isso não pode acontecer.

– Aconteceu comigo – replicou o instrutor. – O *kit* de ferramentas deslizou para baixo dos pedais do leme, e a manga da jaqueta de uma garotinha foi parar numa alavanca de comando de *aileron*. Foi assim que aprendi o que você está aprendendo neste momento.

– Não sei.

– As portas, Paolo. Abra as portas e veja o que acontece.

O aluno destrancou a porta e foi empurrado contra a corrente de vento do exterior.

– Caramba! Isso vira o avião!

– Com certeza. Faça uma curva de noventa graus para a esquerda, depois uma para a direita. Apenas com as portas.

Perto do final da aula, a pergunta havia aumentado:

– O que você faria se o leme, os *ailerons* e o compensador do profundor emperrassem, o cabo do compensador se quebrasse, todos os instrumentos e o rádio falhassem e o acelerador emperrasse na abertura máxima, com potência máxima de decolagem?

– Eu... usaria as portas, e o controle da mistura para desligar e ligar o motor...

– Mostre-me.

Eram árduas para seus alunos essas seções de treinamento, mas, em vez de assustados, eles voavam confiantes depois das aulas, e em seguida voltavam atrás de mais.

A dois mil pés, ele puxou o acelerador para a posição ociosa.

– Senhorita Cavett, este motor aqui parou de novo! Onde você irá pousar?

A aluna relaxou ante a quinta prática de pouso forçado daquele voo. Tudo rotina: o instrutor emperra a potência, a aluna encontra um campo aberto e executa um padrão de pouso como se estivesse em uma pista. Quando o instrutor percebe que ela fará um pouso seguro, aumenta a potência e o avião ganha altitude.

Só que desta vez foi diferente.

– É aqui que você vai pousar?

– Sim, senhor – respondeu ela. – No campo marrom, perto da estrada de terra.

– Você vai pousar contra o vento, na transversal das fileiras?

– Não. A favor do vento, paralela às fileiras.

– Tem certeza de que consegue?

– Sim, senhor. Consigo, fácil.

Jamie Forbes puxou o controle da mistura para DESLIGADO. O motor caiu para zero RPM, a hélice foi parando, ouvia-se o vento enquanto o avião virava um planador.

– Desculpe, senhor, o senhor acabou de...?

– Sim. Mostre seu melhor pouso sem motor, senhorita Cavett, neste campo.

Jamie Forbes achava que havia se especializado em um tipo de instrução de voo que os pilotos não costumam encontrar, algo próximo da primeira emergência nos ares. Agora ele sabia que era algo diferente.

Eu não ensino, percebeu. Eu sugiro, e os alunos ensinam a si mesmos.

Ofereço ideias. Por que não tentar abrir as portas? Por que não tentar voar por instinto, em vez de por instrumentos? Por que não tentar pousar sem motor naquele campo de feno, depois sair do avião e pular para cima e para baixo no feno, provar a si mesmo que o chão nu é tão bom quanto qualquer pista, quando é necessário pousar?

Quem disse isso: "Você não é um instrutor, é um hipnotizador!"?

Maria! Em um átimo de segundo, ele estava voando sobre o Wyoming.

Estou prestes a morrer e ele vem me perguntar de brincadeira de criança? De todos os resgatadores possíveis, tinha de topar com um maluco?

Era Maria Ochoa, ela que se valeu da coincidência para salvar a própria vida e tocar a minha, mostrar-me como funciona o mundo do espaço-tempo. Hipnotizar Maria não foi uma ajuda de vinte minutos que eu lhe dei, foi um presente que ela me deu e que me transformou para sempre. Querida Maria, pensou ele, onde quer que você esteja neste exato momento, passarei seu presente adiante.

De vez em quando ele recebia uma carta, um telefonema, um e-mail de um aluno: "Então, quando o motor parou – bem, enquanto o motor estava fundindo –, eu desliguei a bomba de combustível, o interruptor da mistura, desacelerei completamente e ouvi sua voz bem ao meu lado: *Mostre seu melhor pouso sem motor no pasto, senhor Blaine.* Havia óleo por todo o para-brisa, senhor Forbes, mas acionei o pedal do leme e fiz uma curva bem fechada para ter visibilidade para o pouso pela janela do lado. Nem sequer um arranhão! Foi o pouso mais suave que já fiz! Obrigado!".

Ele guardava as cartas.

Sou profundamente grato, em minha jornada, pela orientação e aconselhamento do meu ser superior.

Era uma manhã cinzenta, teto de visibilidade zero na neblina. Ele estava sentado ao computador, preenchendo um cheque para pagar o aluguel do hangar (*não devo sentir falta de nada que necessito para me tornar a pessoa que escolho ser*), quando o telefone tocou.

– Alô – disse ele.

Voz de mulher, meio nervosa, na linha.

– Eu... gostaria de falar com Jamie Forbes.

– É ele mesmo.

– O senhor é instrutor de voo?

– Sou instrutor de voo, mas não faço propaganda. Você ligou para um número que não está na lista.

– Quero aprender a pilotar. O senhor poderia me ensinar?

– Desculpe, moça – disse ele. – Não sou esse tipo de professor. Como achou este número?

– Na contracapa de uma revista de aviação. Alguém com um marca-texto anotou seu nome e seu telefone e as palavras "bom instrutor".

– É ótimo ouvir isso. Porém, ensino o tipo de coisa que se deseja aprender depois de tirar o brevê. Hidroaviões, aeronaves com bequilha traseira, voo avançado. Há um monte de escolas de aviação por aí, e, se depois você quiser mais treinamento, basta ligar que conversaremos a respeito.

– Não desligue!

– Eu ia esperar até você se despedir – disse ele.

– Sou boa aluna. Ando praticando.

– Isso faz a diferença – disse ele. – O que é uma glissada?

– Uma manobra... que parece estranha, a princípio – respondeu ela, feliz com o teste. – Você inclina o avião em uma direção, mas guina em outra. Uma glissada impede que você seja levado pelo vento durante o pouso, é a única maneira de ir em linha reta quando o vento está tão forte que o afastaria da pista.

– Ótima definição.

Ele havia esperado aquilo que está nos livros – "uma maneira de perder altitude sem ganhar velocidade" –, o que é apenas parcialmente verdadeiro.

– Sempre quis pilotar. Minha mãe também. Íamos aprender juntas, mas ela morreu antes de... antes da gente.

– Sinto muito.

Teria sido divertido para as duas, pensou ele, aprenderem juntas.

– Eu falei com... sonhei com minha mãe, ontem à noite. Ela disse que posso aprender por nós duas, que voará ao meu lado. Então hoje de manhã encontrei em um carrinho de supermercado essa revista com o seu número anotado. É como se... eu sei que o senhor ensina *alguns* alunos iniciantes, não é? Quase nunca? E os que passarem por uma entrevista cuidadosa? Os que precisam aprender por dois, que se dedicam duas vezes mais?

Ele sorriu ao ouvir aquilo. Não seria o fim do mundo, pensou. Ela tem a atitude certa, isso tem. *Atitude, escolha, desejo de fazer acontecer.*

Eles conversaram por um minuto, combinaram um horário para se encontrar.

– Minha mãe disse que se escolhe o instrutor de voo pela cor do cabelo – disse ela, agora relaxada, feliz. – Sei que estou sendo boba, mas o senhor tem cabelo grisalho, não tem?

– Com toda a modéstia, tenho – disse ele. – E, por falar nisso, se não se importa que eu pergunte, qual é seu nome?

– Desculpe – disse ela. – Acho que me empolguei um pouco. Meu nome é Jennifer Black O'Hara. Meus amigos me chamam de Jennifee.

Depois daquele telefonema e de mais sete segundos para ele se recompor da paralisia causada pelo choque ao escutar o nome dela, ele escreveu, com letras caprichadas e trêmulas, na sua agenda de voo:

As coincidências deverão me levar àqueles que me trarão lições a aprender, e também a quem poderei ensinar lições.

Ele não lhe disse nada, mas pensou que provavelmente a filha da hipnotizadora passaria na entrevista e aprenderia a pilotar. Ou melhor, que as duas passariam juntas – Jennifee e sua mãe.

– FIM –